Gummitwist in Schalke-Nord
Elke Schleich

ELKE SCHLEICH

Gummitwist in Schalke-Nord

Ein Roman in 18 Geschichten

STORIES & FRIENDS

1. Auflage – 2012

Alle Rechte vorbehalten
Copyright © 2012 by STORIES & FRIENDS Verlag e.K.
Lehrensteinsfeld bei Heilbronn
Lektorat: Marianne Glaßer
Cover Foto: © Hans Rudolf Uthoff - www.v-like-vintage.net
Cover Hintergrund: © emmi - Fotolia.com
Layout & Satz: STORIES & FRIENDS Verlag
Druck und Bindung: CPI Books, Leck
ISBN 978-3-942181-16-7
www.stories-and-friends.com

*Die Träumenden und die Wünschenden
halten den feineren Stoff des Lebens
in den Händen*

Franz Kafka

Inhalt

Für ein liebes Mädchen 8

Als Lorrek noch durch Schalke fuhr 14

Die Wahrheit über den Nikolaus 26

Gipsfuß und Kartoffeln 40

Hüter des Feuers 48

Osterspaziergang 56

Funkenflug 64

Nicht für Kinder 74

Wir gehen nach Grimberg 80

Reise in die Ostzone 92

Ferien in Adelsberg 108

Der Hundevertrag 124

Stallgeruch 136

Komm, gib mir deine Hand 148

Verliebt auf Schalke 162

Biene 174

Hinter der Hecke 184

Der Lebenstraum 202

Für ein liebes Mädchen

Seit dem ersten Vogelzwitschern lag ich wach und wartete. Ich hatte gar nicht gewusst, dass Hellwerden so schrecklich langsam ging. Aber jetzt konnte es nicht mehr lange dauern. Im Bett gegenüber rührte sich meine große Schwester Uschi. Schnell machte ich die Augen zu und tat so, als ob ich schliefe, und erst, als die Tür leise knarrend geschlossen wurde, öffnete ich sie wieder. In meinem Magen kribbelte es, wie wenn ich auf der Schaukel saß und Papa mich hoch in die Luft fliegen ließ. Endlich, endlich würde ich es bekommen, weil ich so tapfer gewesen war!

Ich kuschelte mich in die Bettdecke und stellte es mir vor: das schönste, beste, tollste, wunderbarste Geschenk meines Lebens. Wie sehr sehnte ich mich danach! Was waren dagegen der Tretroller vom vorigen Jahr oder die Puppe von Weihnachten, die »Mama« sagen konnte?

Dabei hatte ich beinah nicht mehr daran geglaubt. Wochen, nein Monate war ich Mutti und Papa mit meinem Wunsch auf den Geist gegangen. Immer und immer wieder, so dass die schon die Augen verdrehten, sobald ich das Wort Geburtstag in den Mund nahm. Jedes Mal die gleiche Antwort: Nein, das geht nicht. Es sei zu teuer, sie könnten es nicht bezahlen. Selbst mein Versprechen, ich würde mein Leben lang auf die wöchentlichen fünfzig Pfennig Taschengeld verzichten und überhaupt nichts anderes geschenkt haben wollen, auch die nächsten hundert Jahre nicht, zeigten keine Wirkung. Außer Papas Kopfschütteln, und das war ernst zu nehmen.

Also versuchte ich, Mutti zu erweichen: »Ich helf dir jeden Tag beim Abwasch und feg die Küche – bis in alle Ewigkeit.«

Mutti lachte kurz auf, sah aber dann irgendwie traurig aus. »Ist doch auch kein Platz dafür da«, sagte sie und schälte weiter Kartoffeln.

Das leuchtete selbst mir ein.

Umso sicherer war ich mir jetzt: Es hatte sich etwas geändert. Vor zwei Wochen war es, als Papa beim Ausräumen von Koslowskis Garage half. Die brauchten sie nicht mehr, weil Herr Koslowski sein Auto zu Schrott gefahren hatte. Bisher stand kein neues darin. Die Garage war einfach nur leer und, wie ich fand, groß genug. Ja, sogar ein Fenster hatte sie! Und als ich wenig später zufällig hörte, wie Uschi, die in der Küche beim Kuchenbacken half, fragte: »Wo habt ihr es denn so günstig her?«, und Mutti mit einem »Pschscht, nicht so laut!«

antwortete, wuchs die Hoffnung. Am liebsten hätte ich im Korridor angefangen zu tanzen und zu singen. Aber natürlich tat ich das nicht, zumal Berni gerade aus seiner Kammer kam.

»Du strahlst ja wie 'n Honigkuchenpferd«, sagte mein Bruder spöttisch.

Ich biss mir auf die Lippen.

Am Abend wurde es dann ganz klar. Klar wie Kloßbrühe, wie Papa immer sagte.

»Na komm, Leni, schluck ihn runter.«

Wie üblich presste ich die Lippen zusammen vor dem Löffel mit dem weißlichen Inhalt. Wie eklig das schon roch!

Mutti ließ nicht locker: »Du musst doch was auf die Rippen kriegen, bist 'n richtiges Spinnewippchen seit der Grippe.«

Ich schüttelte energisch den Kopf und sah auf das Blümchenmuster der Tapete.

Der Löffel verschwand erst einmal und Mutti seufzte. »Jeden Abend der gleiche Kampf. Willste denn gar nicht mein liebes Mädchen sein?«

Stille. Wer hielt länger aus?

»Wenn du mein liebes Mädchen wärst, würdeste den Lebertran schlucken. So schlimm isser ja nun auch nicht.«

»Doch!« Empört schaute ich zu Mutti auf.

Die lächelte. »Nun ja, Vanilleeis schmeckt anders«, gab sie zu.

Vanilleeis war meine Lieblingssorte.

Der Löffel tauchte wieder in meinem Blickfeld auf. Ich sah Richtung Wand.

»Liebe Mädchen würden ihn runterschlucken. Jeden Abend, zumindest bis zu ihrem Geburtstag. Dann könnte es sein …«

Da spitzte ich die Ohren. Was wollte Mutti sagen?

Nach einer kleinen Pause fuhr sie fort: »… nun, es könnte sein, dass auf so ein braves Mädchen ein besonderes Geschenk wartet.«

Mein Mund öffnete sich wie von selbst.

Mich schauderte noch jetzt, während ich, unter der Bettdecke zusammengerollt, daran dachte. Mit zusammengekniffenen Augen hatte ich den widerlichen Tran geschluckt, das Glas Apfelsaft zum Nachspülen gegriffen, getrunken – und Mutti angestrahlt.

Da, Schritte im Korridor! Ich warf die Decke zur Seite, setzte mich auf und lauschte. Ja, jetzt ging Mutti in die Küche, bald musste es so weit sein!

An einem ganz normalen Tag hätte ich nicht so lange warten müssen, aber heute am Sonntag wurde später aufgestanden. Dafür brauchte aber Papa nicht zur Arbeit und Uschi und Berni nicht zur Schule, alle würden Zeit für mich haben.

Die Torte mit den sechs Kerzen stand sicher auf dem Tisch bereit. Und da, wo sonst die Geschenke lagen, würde diesmal nichts liegen.

Mein Herz klopfte heftig. Ich malte mir den Moment aus, in dem ich es zum ersten Mal sah. Vielleicht ähnelte es dem Pony von der Cranger Kirmes, das mir so leidgetan hatte. Ein neuer, wunderbarer Gedanke kam mir. Vielleicht hatten die Eltern es den Leuten auf der Kirmes abgekauft. Gebraucht war immer billiger, das wusste ich. Oh, dann würde ich es umso mehr lieben!

Stimmen nebenan. Papa.

Ich konnte nicht mehr still sitzen, hopste kniend auf dem Bett herum. Gleich, gleich, gleich, summte es in mir.

Dann hielt ich inne, lauschte und sah dabei wieder meinen Herzenswunsch vor mir: mit einer Wuschelmähne und großen Augen, die mich furchtbar lieb anschauten. Ob sie auch dunkelblau waren wie die von Fanni …? Wenn der Kartoffelhändler mit seinem Pferdewagen in der Straße hielt und ich am Bordstein stand, bekam ich immer etwas – aber nur ein ganz kleines bisschen – Angst, weil Fanni so riesig war. Aber so groß würde meins nicht sein.

Und ich sah mich selbst, wie ich das erste Mal sein warmes, weiches Fell berührte und in diese wundervollen Augen blickte.

Ein Geräusch holte mich aus meinem Traum. Die Tür öffnete sich. Zwei Gesichter im Spalt.

»Bin schon wa-ach!« Ich sprang aus dem Bett und direkt in Muttis Umarmung.

»Alles, alles Gute zum Geburtstag, mein liebes Mädchen!«

Papa fing mit »Heppi Börsdei tu ju" an und meine Geschwister kamen herein und sangen mit.

In der Küche brannten die Kerzen auf der Torte. Und tatsächlich: keine Päckchen.

Ein heißes Glücksgefühl durchströmte mich. Ich lief zum Tisch, blies die Backen auf und pustete alle Flammen auf einmal aus. »Wo ist es? In der Garage?«

Mutti und Papa wechselten einen Blick. »Komm mal mit ins Wohnzimmer«, sagte Mutti. »Wir dachten, da ist mehr Platz, aber warte noch, vorher müssen wir mit dir ...«

»Im Wohnzimmer?!« Ich rannte los. So was Verrücktes. War es denn so winzig? Schon riss ich die Tür auf.

Vor der Musiktruhe in der Ecke stand ein kleines hölzernes Haus. Davor ein grüner Teppich, der wie Rasen aussah, von einem Zäunchen begrenzt. Und darin – mir war, als träfe ein Fausthieb meinen Magen – ein braunes Plüschpferd! Es starrte mich aus Glasaugen an.

»Nein«, flüsterte ich. Ich spürte Mutters Hand sanft auf meiner Schulter und schluckte. Aber der Geschmack nach Lebertran wollte nicht von meiner Zunge weichen.

Als Lorrek noch durch Schalke fuhr

»Doffeeeeeeln!«

Noch heute habe ich manchmal diesen Ruf im Ohr. Wenn ich in einem alten Film ein Pferdefuhrwerk sehe, zum Beispiel. Dann durchfährt es mich wie damals und für ein paar Sekunden bin ich wieder sieben und ein Kind in Schalke-Nord, wo die Schlote rauchen und der Himmel über der Ruhr einen Grauschleier trägt. Wo mir die erste große Liebe begegnet, die mich mein Leben lang nicht loslassen wird.

»Doffeeeeeeln!«

Ich warf den Suppenlöffel auf den Tisch. Der Stuhl rutschte über den Linoleumboden, und schon rannte ich aus der Küche ins Schlafzimmer.

»Leni! Pass auf, die Klivie is' schwer!«, rief Mutti, doch ich war bereits auf den Wäschepuff geklettert und umarmte den riesigen Blumentopf.

»Doffeeeeeeln!«

Zeche Consolidation, Gelsenkirchen

Schwankend, aber fest entschlossen transportierte ich ihn von der Fensterbank zu Boden. Dann schnell wieder rauf auf den Wäschebehälter. Hufklappern! Der Klang, der mein Herz wild pochen ließ.

Endlich konnte ich das Fenster öffnen und mich hinauslehnen, damit mir bloß nichts von dem entging, was draußen auf der Uechtingstraße geschah. Langsam näherte sich der Wagen. Flach war er, mit vielen Säcken beladen, eine Waage und Gewichte hinter dem Kutschbock. Auf diesem der beneidenswerte Herr Lorrek, die Zügel locker in der Rechten. In der Linken eine Zigarette.

Vorneweg aber das, was mich unwiderstehlich anzog: das schönste Geschöpf auf Erden. Beigefarbenes Fell unter schwarzem Geschirr. Die Stehmähne und der Schweif hingegen dunkel. Wie anmutig es die Hufe setzte, die auf dem Straßenpflaster solch einen Wohlklang hervorriefen!

Das Gespann fuhr an der Werksmauer entlang, kam immer näher.

Für einen Moment huschte mein Blick zum leeren Bürgersteig vor der Haustür. Wollte denn niemand Kartoffeln? Das hieße, er würde nicht halten.

Der Pferdekopf nickte, ein Schnauben. Herrlich!

Aber keine Kundschaft.

»Mutti?« Hörte sie denn nicht? »Muuutti! Der Kartoffelhändler!«

Was tun? Die letzten Sekunden genießen oder vielleicht doch die Möglichkeit zu mehr nutzen?

Ich riss mich los und sauste in die Küche. »Da unten ist ...«

»Ja, Leni, ich weiß.« Mutter lächelte. Sie ging zum Schrank und holte die Geldbörse heraus. »Hier, wie immer.« Ihre Hand strich kurz über mein Haar. »Und nun lauf. Ich geb ihm am Fenster ein Zeichen.«

Wie ich die Treppen der drei Stockwerke jedes Mal heil hinunterkam, ist mir ein Rätsel. Meine Füße können die Stufen kaum berührt haben.

»Na, watt möchste denn?«

»Drei Pfund Hansa«, piepste ich und hielt den Korb in die Höhe, Herrn Lorrek entgegen, der nun auf der Ladefläche stand.

Während er die Kartoffeln auswog, wandte ich mich um. Ein intensiver Geruch stieg mir in die Nase. Ich sog ihn begierig ein. Das Pferd schwitzte seitlich am Bauch, dort hatte sich sein Fell dunkler gefärbt. Es schüttelte den Kopf – eine Fliege. Die Stehmähne wippte lustig, das Zaumzeug klirrte.

»Hier, Mäusken, macht fünfzig Pfennig.« Ich bekam den Korb heruntergereicht.

Schon ...?

Doch heute war mein Glückstag. Die Tür vom Nachbarhaus öffnete sich. Frau Koslowski mit adretter weißer Schürze und Oma Napiralla in karierten Pantoffeln kamen heraus. Die eine resolut ausschreitend, die andere schlurfend, nahmen sie Kurs auf Lorreks Wagen. Ich hätte beide umarmen können! Wenige Momente später stand ich vor dem bezaubernden Wesen. Sah in seine Augen. Sie schimmerten blau. Hatten alle Pferde dunkelblaue Augen? Die Ohren spielten, während es mich anschaute.

»Hallo«, flüsterte ich.

Zu gern hätte ich die Hand ausgestreckt und herausgefunden, ob sein Fell so weich war, wie es aussah. Aber ehe ich den Mut dazu hätte fassen können: »Mäusken, geh mal anne Seite, wir müssen!«

Erschrocken trat ich zurück.

Herr Lorrek ließ die Zügel leicht auf den Pferderücken klatschen. Wieder klapperten die Hufe auf den Pflastersteinen. Ich blickte dem Gespann hinterher, bis es um die Ecke in die Josefinenstraße bog.

Papa war Schlosser auf der *Chemischen Schalke*. Nur hundert Meter waren es bis zum Werkstor. Manchmal kam er mittags für ein paar Minuten heim, in seinem schmutzigen Arbeitsanzug, und brachte Milch in Flaschen mit, die einen silbernen Stanniolverschluss hatten. Alle Arbeiter der Firma erhielten sie kostenlos. Wenn Mutti mir davon in ein Glas goss, verzog ich das Gesicht, weil ich mich vor Milch ekelte.

Mutti versuchte, mich zu überlisten. »Wenn du heute ein Glas zum Essen trinkst, gibt es 'ne besondere Geburtstagsüberraschung für dich.«

Papa öffnete eine Bierflasche. *Plopp*, machte es. »Glückauf«, entzifferte ich das Etikett. Eher hätte ich dieses Glückauf-Bier probiert als die schreckliche Milch getrunken.

Bismarckstraße, Nähe Bahnübergang Emschertalbahn

»Was wünschste dir denn?«, fragte Berni.

»Ein Pferd.«

Er tippte sich an die Stirn. »Schon wieder? Kannste vergessen.«

Berni hatte recht. Muttis Angebot klang zwar verlockend, aber versprochen war damit gar nichts. Ich ließ das Milchglas unberührt.

Zu jener Zeit besaßen wir als die Ersten im Mietshaus ein Fernsehgerät. Papa hatte es auf Raten gekauft und für die Anzahlung einen Lohnvorschuss beantragt. Der Fernseher entschädigte mich ein wenig für die zerstörte Hoffnung auf Erfüllung meines Wunsches. Jedenfalls an den Sonntagen. Denn da wurde *Fury* gesendet. Allein den Vorspann hätte ich mir zig Mal hintereinander ansehen können. Wie der schwarze Hengst inmitten der Herde wilder Mustangs herandonnerte, Staubwolken um eine Woge aus Pferden wirbelten.

Und dann Joes Ruf: »Fuuuuury!« Der Hengst antwortete mit einem Wiehern, löste sich aus der Herde, galoppierte auf den Jungen zu.

Oh, wie ich Fury bewunderte!

Und Joe beneidete.

Es musste das größte Glück sein, solch ein Pferd zum Freund zu haben.

Als der Kartoffelhändler seine Runden durch Schalke-Nord auf den Morgen verlegte, traf es mich hart. Nun konnte ich mich nicht mehr jeden Tag auf das Pferd freuen. Manchmal, wenn nach der dritten Stunde Schluss war und ich von der Comenius-Schule durch die Caubstraße nach Hause ging, sah ich das Gespann gerade noch um die Ecke biegen. Aber eben nur manchmal.

Mittwoch war ein Wochentag, der immer gleich verlief: nachmittags Besuch mit Mutti bei Oma Martha. Berni und Uschi kamen nur hin und wieder mit; sie gingen schon ihre eigenen Wege. Etwa eine halbe Stunde hatten wir zurückzulegen, natürlich zu Fuß. Erst an kleinen Zechenhäusern vorbei, dann leicht bergan über den Bahnübergang, wo das Licht rot blinkte, wenn ein Zug kam, und schließlich durch Wiesen und Felder.

Eines Mittwochs sah ich von Weitem einen hellen Fleck auf der Wiese. Ich blinzelte in die Sonne.

Mutti sprach gerade davon, dass sie in den nächsten Tagen mit uns Kindern ins Freibad Grimberg gehen würde, wenn das Wetter sich hielte.

»Au ja, darf Marlis mit?«, fragte ich und beschattete meine Augen mit einer Hand. Was konnte das Helle sein?

»Sicher, wenn's ihre Eltern erlauben. Was guckste denn so?«

»Mutti, da hinten, siehste das?«

»Wo?« Sie blieb stehen.

Ich nahm sie bei der Hand, zog sie weiter. Irgendetwas in meinem Innern sagte mir, dass ich unbedingt herausfinden müsse, was das auf der Wiese war, und zwar sofort.

Zeche Wilhelmine Viktoria, Gelsenkirchen

»Leni, nicht so schnell!«

Der Fleck wurde größer, nahm Gestalt an. Wir hatten die Wiese erreicht. Und mittendrin, das Maul im Gras, stand da ein Pferd. Beigefarben, nur die Mähne und der nach Fliegen schlagende Schweif braun. Aufgeregt umklammerte ich den Holzzaun.

»Sieht das nicht aus wie das Pferd vom Lorrek?«

Ich antwortete nicht; mein Mund war so trocken wie Sandpapier.

»Leni …?« Mutti fasste mich an der Schulter.

In diesem Moment radelten zwei Burschen die Straße entlang. »Fanni!«, rief einer von ihnen und der andere stieß einen Pfiff aus. Das Pferd hob den Kopf, blähte die Nüstern. Nachdem die Jungen vorbeigefahren waren, graste es ruhig weiter.

Fanni – nie hatte ich einen schöneren Namen gehört. Ich wiederholte ihn leise.

»Ja, so heißt es wohl«, sagte Mutti.

Eine Weile betrachteten wir still die grasende Stute.

»Ruf doch mal. Vielleicht kommt sie.«

Ich blickte zu Mutti auf. Meinte sie das ernst? Dieses himmlische Wesen sollte auf mich hören? Ich war doch nicht Joe und außerdem nicht im Fernsehen. Aber sie nickte mir aufmunternd zu.

Ich räusperte mich. »Fanni?«

»Lauter. Na los!«

Ich holte tief Luft. »Faaaanni!«

Augenblicklich schnellte der Pferdekopf aus dem Gras. Fanni sah zu mir herüber.

Wie mein Herz klopfte!

»Fanni, komm!«, rief ich noch einmal, so laut ich konnte.

Ein Wunder geschah. Die Stute kam in Bewegung. Ohne Eile setzte sie einen Huf vor den anderen. Sie streckte ihren Hals über den Zaun und ein freundlicher Blick ruhte auf mir. Neugierig und ein wenig erwartungsvoll.

»Mutti«, flüsterte ich.

»Warte mal.« Meine Mutter stellte die Tasche ab, kramte darin. »Ich hab doch die Butterkekse für Oma ...«

Ohne Geschirr und Wagen wirkte das Pferd noch größer. Nicht einmal ein Halfter trug es. Zaghaft hielt ich ihm meine Hand entgegen, trat einen Schritt näher. Fanni schnaubte, ich zuckte zurück. Da schüttelte sie den Kopf, und der dichte Stirnschopf blieb über ihrem rechten Auge liegen. Sie sah lustig aus damit, als ob sie mir eine Freude machen wollte. Wieder näherte sich meine Hand, beherzter diesmal, legte sich auf den Hals der Stute. Warm und fest fühlte er sich an, das Fell nicht so weich, wie ich vermutet hatte. Ich strich sanft darüber.

»Hier, nimm«, sagte Mutti. Sie hatte einen Keks aus der Packung gezogen.

Fannis Lippen nahmen ihn vorsichtig. Ihre Wangenknochen mahlten, unverwandt blickte sie mich dabei aus ihren großen dunkelblauen Augen an. Ich sagte kein Wort, während sie einen Keks nach dem anderen verzehrte. An diesem Tag trafen wir mit einer halben Stunde Verspätung und ohne Kekse bei Oma ein.

Fanni war eines der letzten Grubenpferde auf der Zeche Nordstern gewesen. Das hatte ich Herrn Lorrek sagen hören. Ich ließ mir von Papa erklären, was ein Grubenpferd war. Dass die armen Tiere ihr Leben lang die schweren Loren ziehen mussten, ohne jemals ans Licht zu dürfen, trieb mir die Tränen in die Augen, und je mehr ich davon hörte, desto tiefer brannte sich die Pferdeliebe in mein Herz.

Die Wahrheit über den Nikolaus

»Kommt zu euch der Nikolaus?«, fragte Marlis.

Wir saßen einander mit angezogenen Beinen auf der Fensterbank gegenüber und schauten den tanzenden Schneeflocken zu.

Ich schüttelte den Kopf. »Aber bei meiner Tante und meinem Onkel wird er wohl sein, die besuchen wir morgen.«

Marlis griente. »Wer spielt ihn denn?«

Ihre Frage versetzte mir einen Stich. »Du meinst …?«

»Sach bloß, du glaubst noch an den Nikolaus!«

»Nee!«, antwortete ich schnell.

Marlis hob eine Augenbraue und sah mich an. »Ich dachte schon … Is' doch alles nur Erwachsenen-Theater. Und? Wer spielt ihn bei euch?«

»Papa.«

Seit dem letzten Jahr, als ich den kleinen blauen Anker unter dem hochgerutschten Ärmel auf dem Arm des Nikolaus entdeckt hatte, trug ich diesen Verdacht in mir.

Nun hatte ich Gewissheit.

Draußen leuchteten in der Dämmerung die Bogenlaternen auf, das Zeichen, nach Hause zu gehen. Ich rutschte von der Fensterbank.

»Ich kenn ihn sogar persönlich«, kam es da von Marlis, als ich bereits an der Tür war.

»Wen?«

»Den Nikolaus, wen denn sonst?«

Mir schwirrte der Kopf. Nicht nur während ich die Treppen im *Eiskeller* hinunterlief, dem verwinkelten Altbau, in dem Marlis wohnte. Nein, noch im Bett kurz vorm Einschlafen versuchte ich, die widersprüchlichen Aussagen meiner Freundin zusammenzubringen. Dass sie immer so geheimnisvoll tun musste! Übermorgen würde ich nachhaken, das stand fest, so kam sie mir nicht davon!

Trotzdem freute ich mich, als es am Nachmittag des nächsten Tages losging. Es lagen mindestens fünfzehn Zentimeter Schnee, die Welt war weiß, strahlend und leise.

»Viel Spaß!«, rief uns Uschi hinterher. Sie hatte sich mit ihrer Freundin fürs Kino verabredet.

In eine Wolldecke gepackt saß ich auf dem Schlitten. Mein Bruder zog ihn, neben ihm stapften Mutti und Papa. Erst durch die Uechtingstraße, dann über die lange Parallelstraße mit der Eisenbahnbrücke. Schließlich bogen wir in die Ehmsenstraße und wanderten in Richtung Rhein-Herne-Kanal weiter. Die kleinen Häuser der Zechensiedlung reihten sich eng aneinander, aus ihren Schornsteinen quoll dunkler Rauch in die schöne helle Welt.

Im Windfang des Hauses Nr. 42 traten wir den Schnee von unseren Stiefeln, schnäuzten uns die rotgefrorenen Nasen und erschnupperten den Duft aus der Wohnküche.

»Aaah, Glühwein!«, frohlockte Papa. »Den kann ich jetzt brauchen.«

Am Adventskranz brannte die erste Kerze und eine Schüssel mit Tante Kläres selbstgebackenem Spritzgebäck stand auf dem Tisch. An dem saß Onkel Hans und knackte Nüsse, einen Becher mit dampfendem Glühwein in Reichweite.

Ich verkrümelte mich in eine Sofaecke und war erst einmal still. Es dauerte seine Zeit, bis ich warm wurde – nicht nur im Winter.

Während die Begrüßungsschnäpse für die Großen eingeschenkt wurden, rutschte Cousine Annegret an meine Seite. »Möchteste meine neue Küche sehen? Hat Papa gemacht.«

Und so hockten wir uns vor die Puppenstube auf den Fußboden, nicht weit vom bullernden Ofen entfernt. Die Puppen saßen schon am Esstisch und wir mussten ihnen dringend etwas kochen.

Als es an die Haustür polterte, zuckte ich zusammen. Mein Blick schweifte durch die Runde in der Wohnküche: Tante Kläre, Onkel Hans, Mutti, Berni ... Papa fehlte!

»Nur herein!«, rief meine Tante.

Eine Gestalt mit weißem Bart, rotem Mantel und ebenso roter Zipfelmütze trat ein. Im ersten Moment hätte ich mich am liebsten hinter Annegret versteckt, aber dann schaute ich mir diesen Nikolaus genauer an. Und richtig! Er trug dieselben Schnürschuhe wie Papa. Lugte nicht auch für einen Moment der blaue Anker unter dem linken Ärmel hervor? Aber ich ließ mir nichts anmerken. Furchtsam hielt ich mir die Hände vors Gesicht, als der angebliche Nikolaus meinem Bruder dessen Missetaten aus einem dicken Buch vorlas, und brav sagte ich mein Gedicht auf.

Kurz nachdem der Nikolaus gegangen war, tauchte Papa wieder in der Wohnstube auf. Nun war es eindeutig.

»War er schon da? Hab ich was verpasst?«, fragte er und strich seine in die Stirn gefallenen Haare zurück.

Ich nahm mir eine Marzipankartoffel aus der Tüte mit Süßigkeiten, die ich bekommen hatte, und kaute sie mit einem Gefühl zwischen Enttäuschung und Genugtuung.

Wie immer, wenn die Verwandtschaft zusammentraf, wurde es spät. Endlich kippten Onkel Hans und Papa den Abschiedsschnaps, wir zogen die Mäntel an, wickelten unsere Schals um und setzten die Mützen auf.

Papa hatte »einen in der Krone«, wie Mutti sagte, und seltsamerweise die Zipfelmütze des Nikolaus auf seinem Kopf.

»Hoffentlich kriegste den Heinz gut nach Hause«,

meinte Tante Kläre. »Die Parallelstraße hat nicht überall Bürgersteige.«

»Wir geh'n zurück sowieso übern Berg«, erwiderte Mutti. »Is' kürzer.«

»Au fein!«, rief ich.

Es war eigentlich kein Berg, sondern eine Abraumhalde, bewachsen mit Gebüsch und kleinen Bäumen und bevölkert mit jeder Menge Getier: Vögel, Kaninchen, Hasen – sogar einen Marder hatte ich im Sommer einmal gesehen. Sicher, im Dunkeln würde nicht viel zu entdecken sein, selbst wenn der Mond groß und gelb unseren Heimweg beschien. Dennoch freute ich mich. »Übern Berg« war ein Abenteuer.

Schon auf dem Feldweg zur Halde befreite sich Papa aus Muttis Armgriff und bestand darauf, Berni beim Schlittenziehen abzulösen.

»Der is' ganz schön schicker«, raunte mir mein Bruder zu.

Ich fand das nicht so tragisch, zumal Papa ein großartiges Zugpferd abgab und sofort einen zackigen Trab durch die weiße Pracht hinlegte.

»Schlittenfahrt, Schlittenfahrt, Schlittenfahrt im Schnee!«, sang er lauthals, und unser Gespann raste in Bögen und Kurven der Halde entgegen.

»Hüah, schneller!«, feuerte ich ihn an und ließ die Phantasie nur zu gerne mit mir durchgehen: Ja, ich saß in einem Pferdeschlitten und vor mir lief mit Schellenklang ein dickes, dunkelbraunes Pony. Mein Pony! Es

war wunderbar. Ich lachte, sang und quietschte vor Vergnügen.

Doch dann sah ich die Baumgruppe, um die sich der Weg schlängelte, und ahnte nichts Gutes. Schon schleuderte der Schlitten, der Gesang brach jäh ab, und in der nächsten Sekunde lag Papa im Schnee und rührte sich nicht mehr.

Berni und Mutti kamen angelaufen, ich hatte mich aus dem Schnee gewühlt, alle drei blickten wir auf den reglos mit dem Gesicht nach unten Liegenden. Panik stieg in mir auf. Was war mit Papa? Auf einmal erzitterte sein Körper und ich hörte seltsame Töne. Hustete er?

»Heinz!«, rief Mutti entsetzt aus.

Da rollte sich Papa auf den Rücken, Brauen und Haare voller Schnee, und erst jetzt merkte ich, dass er lachte. Richtig lachte. »Ihr Kinderlein kommet, o kommet doch all«, begann er zu singen.

Nun wurde Mutti wütend. Energisch zog sie ihn am Ärmel hoch. »Wie kannste uns nur so erschrecken!«, schimpfte sie.

Der Weiterweg ging zunächst manierlicher vonstatten. Mutti hakte Papa unter, Berni zog den leeren Schlitten und ich mochte lieber ein Stück zu Fuß gehen. So kamen wir gut voran, wenn auch meine Eltern mitunter stehen blieben, weil Papa unbedingt wieder Pferd sein wollte und sich nur mühsam davon abbringen ließ.

Kam man aus Richtung Kanal, war die Halde eine kaum merkliche Erhebung, auf »unserer« Seite jedoch gab es eine Stelle, an der der Weg steil in die Senke abfiel. Hier standen wir nun und dreien von uns ging wohl der gleiche Gedanke durch den Kopf: Wie kriegen wir Papa da bloß runter?

Für ihn selbst schien das kein Problem zu sein. Er versuchte, sich aus Muttis Griff zu befreien, und wollte sich an den Abstieg machen.

Da hatte mein Bruder eine Idee. »Er kann doch mit dem Schlitten runtersausen.«

»Au ja!« Sein Vorschlag überzeugte mich sofort. Ohne zu zögern schob ich das Kufenfahrzeug vor Papas Füße. Der nahm darauf Platz und stimmte erneut das Lied von der Schlittenfahrt an, dass es nur so über die Halde schallte.

Mutti guckte skeptisch. »Wenn das man gut geht…«

»Er kriegt das schon hin«, sagte ich.

Papa hielt das Zugseil mit beiden Händen fest. Gemeinsam schoben wir ihn samt Schlitten an die Kante. »Ab die Post!«, rief er und lachte.

»O-Gott-o-Gott«, murmelte Mutti, legte sich aber mit ins Zeug, ihm einen kräftigen Schubs zu verpassen.

Und los ging die Rodelfahrt! Die ersten Meter glitt Papa in gemäßigter Geschwindigkeit hinab, doch bald wurde die Rutschpartie rasanter. Er hob einen Arm in die Höhe wie die Cowboys im Fernsehen, wenn sie die buckelnden Pferde einritten.

»Jippieeeee!«, jubelte er und schwenkte den Arm.

Der Schlitten fuhr Schlangenlinien und wurde immer schneller.

»Himmel!« Mutti presste meine Hand.

»Gleich isser unten.« Es klang, als bedaure es mein Bruder.

Aber dann holperte der Schlitten, neigte sich zur Seite, glitt auf nur noch einer Kufe, und schon war's passiert: Er setzte allein seinen Weg fort. Papa ebenfalls, indem er geradewegs in den Graben rollte, der neben dem Weg verlief.

Ein zweites Mal lasse ich mich nicht veräppeln, dachte ich, als ich an Muttis Hand den Hang hinunterrutschte. Mein Bruder hatte den Schlitten eingefangen, war bereits am Graben und rief: »Schnell, er hat sich bestimmt was gebrochen!«

»Ich hab's gewusst«, sagte Mutti grimmig.

Papa jammerte: »Mein lieber Scholli, tut mir der Fuß weh, ich brauch was zur Betäubung. Gebt mir noch 'nen Schnaps.«

»Von wegen Schnaps ... Heinz, du stehst jetzt sofort auf!« Zusammen mit meinem Bruder mühte sich Mutti, unser Familienoberhaupt auf die Beine zu bringen.

Ich nahm mir vor, später weder Glühwein noch Schnaps zu trinken, und wenn Schnee lag, erst recht nicht. Trotzdem, das hatte Papa nicht verdient. Er war so ein schönes Pferd gewesen. Jetzt allerdings war nichts mehr davon übrig.

»Kruzitürkennochmal«, fluchte er, »Mein Fuß! Ohje-oh-je-oh-je...«

Alle Versuche scheiterten. »Hat keinen Zweck.« Mutti ließ Papa los, und er plumpste wieder in den Schnee.

Berni und sie atmeten schwer, mein Vater begann erneut zu jammern: »Der arme Nikolaus muss erfrieren, oh je. Morgen früh is' euer Papa tot.«

Ich schluckte und kämpfte gegen den Kloß an, der sich in meinem Hals festsetzen wollte.

»Also, ihr beiden bleibt bei ihm und ich lauf jetzt zur Straße und hol Hilfe.« Mutti streichelte meinem Vater kurz die Hand. »Ich beeil mich«, sagte sie und machte sich auf den Weg. Ich sah ihr nach, wie sie im Mondschein den Haldenweg abwärts stapfte, und mir wurde bang ums Herz.

Mein Bruder und ich saßen auf dem Schlitten nebeneinander. Er hatte seinen Arm um mich gelegt und erzählte mir eine Geschichte vom Weihnachtsmann, der in einer fliegenden Untertasse aus dem All anreiste.

»Is' der Weihnachtsmann das Gleiche wie der Nikolaus?«, fragte ich dazwischen.

»Nee, der eine fliegt zu Weihnachten und der andere zu Nikolaus. Is' doch klar, oder?«

Ich nickte und fror.

»Nikolaus, ko-omm in unser Haus«, sang Papa leise, brach dann stöhnend ab und fluchte: »Verdammter Schnee!«

Sonst machten mir Bernis Weltraum-Phantastereien Angst, aber jetzt kuschelte ich mich enger an ihn. »Weiter!«, bat ich.

Den Gefallen tat er mir nur zu gern. Ich wünschte inständig, Mutti möge jemanden finden, der imstande war, Papa auf den Schlitten zu verfrachten. Zur Not auch jemanden aus dem All.

Meine Füße waren schon gefühllos und Bernis Weihnachtsmann längst wieder im Universum verschwunden, als wir endlich Motorbrummen hörten. Wie auf Kommando sprangen mein Bruder und ich auf. Zwei Lichter! Ein großes Auto, wie ich es aus der Fernsehsendung *Ein Platz für Tiere* kannte, fuhr langsam zu uns herauf.

»Ein Land Rover!« In Bernis Stimme schwang Bewunderung.

Die Scheinwerfer blendeten mich, aber dass es Mutti war, die auf der Beifahrerseite ausstieg, konnte ich erkennen.

Dann öffnete sich die Fahrertür. Ein Mann stieg aus dem Wagen. Er hatte eine Glatze, einen lockigen Silberbart und trug einen dunkelroten, weiten Mantel. In der Hand hielt er einen Stab, eine Art Krückstock, nur viel länger. Ich trat einen Schritt zurück, um dem Lichtkegel zu entkommen, und fürchtete mich ein bisschen.

Seine Stimme hatte allerdings nichts Unheimliches. »Na, habt ihr zwei beiden gut auf den Papa aufgepasst?«, fragte er fröhlich.

Ohne die Antwort abzuwarten, sprang er in den Graben. Er redete meinem Vater gut zu und reichte ihm seinen Stock, auf den sich Papa abstützen und auf seinen gesunden Fuß stellen konnte. Den Fremden an der einen, Mutti an der anderen Seite und mit Unterstützung des schiebenden Berni gelang es Papa, sich auf den Weg und anschließend auf die vordere Sitzbank des Autos zu quälen.

Der Fremde verstaute unseren Schlitten auf der Ladefläche und forderte uns auf einzusteigen. Ich machte mich daran, auf die Rückbank zu klettern – und erstarrte. Ein Platz war schon besetzt. Von Marlis.

»Da habt ihr aber Glück gehabt!«, begrüßte sie mich.

Mir verschlug es die Sprache.

Während wir durch den knirschenden Schnee zur Straße hinabrumpelten, betrachtete ich von hinten die Glatze unseres Retters, und erneut kreisten meine Gedanken.

»Nikolaus, du musst aber beim nächsten Besuch deine Mütze aufsetzen«, hörte ich Marlis neben mir sagen.

Also schon wieder einer. Nein, nicht irgendeiner! Der, den sie persönlich kannte. Und genau der brachte Papa jetzt zum Krankenhaus.

Zuvor setzte er meinen Bruder und mich zu Hause ab. Als er die Heckklappe öffnete, sah ich einen riesigen gefüllten Sack und ringsherum unzählige Päckchen und Tüten. Er griff in eine und reichte mir etwas daraus.

»Hier, kleine Leni«, sagte er, und seine Stimme klang irgendwie vertraut. »Nimm das und behalte deinen größten Wunsch fest im Herzen. Glaube daran, dann wird er eines Tages erfüllt und ich weiß auch schon, von wem.«

Mir wurde seltsam zu Mute. Ich nahm das Geschenk aus seiner Hand. Es fühlte sich glatt und kühl an. In der Dunkelheit konnte ich nicht erkennen, was es war. Auch mein Bruder bekam etwas. Wir bedankten uns beide artig, winkten dem Auto hinterher und gingen zur Haustür. Berni schloss auf und schaltete das Flurlicht an. In meinen Händen hielt ich ein Schokoladenpferd in buntem Stanniolpapier.

Gipsfuß und Kartoffeln

Längst waren die Nikolaustüten leer und am Kranz aus Tannengrün brannte die dritte Kerze. Papa lag immer noch mit seinem Gipsfuß auf dem Sofa. Gebrochen war nichts, er hat einen Bänderriss, hieß es.

Die ersten Tage fand ich es toll, dass er zu Hause war. Ich holte meinen Arztkoffer und verabreichte mit Begeisterung Spritzen, horchte Papas Lunge mit dem Stethoskop ab und verordnete selbst gebraute Lakritzmedizin. *Schäumchen ziehen*, so nannte sich das Herstellungsverfahren für diese Spezialität, die alle Kinder in Schalke-Nord – oder auf der ganzen Welt? – liebten. Dazu wurde echter Lakritz in eine Flasche gegeben, mit Wasser aufgefüllt und so lange geschüttelt, bis brauner Schaum entstand, den man absaugen konnte. Papa revanchierte sich, indem er mir Geschichten erzählte. Darin kamen keine fliegenden Untertassen und keine grünen Männchen aus dem All vor. Meistens handelten sie von Tieren oder Menschen, die sich im Wald verliefen und stundenlang umherirrten, bevor sie endlich an ein geheimnisvolles altes Haus kamen. Wer darin wohnte, erfuhr ich nie, denn spätestens an dieser Stelle fielen Papa die Augen zu. Bald darauf erklang leises Schnarchen. Er konnte zu jeder Tages- und Nachtzeit einschlafen, und ich ließ ihn. Schließlich hatte er einen Gipsfuß.

Aber nach einer Woche wollte Papa nicht mehr mein Patient sein. Genauso wenig wollte er mit mir *Mensch ärgere dich nicht* oder *Flieg, mein Hütchen* spielen und seine Haus-im-Wald-Geschichten schienen ihm selbst aus den Ohren herauszukommen.

Ich versuchte, ihm eine andere Richtung schmackhaft zu machen. »Erzähl mir doch was Gruseliges, is' gerad so schön hell.«

»Dafür biste zu klein.«

Ich überhörte seinen Einwand. »Vom Bullemann, ja? Erzähl mir, was der so macht. Wo lebt er eigentlich? Und warum kommt er nur zu frechen Kindern?«

»Also gut, Leni. Sooo klein biste ja doch nicht mehr. Wenn ich dir jetzt was vom Bullemann verrate, gehste dann gleich für mich anne Bude, zwei Flaschen Bier holen?« Er wartete meine Antwort nicht ab, richtete sich trotz Gipsfuß ein Stück auf und sagte leise, aber bedeutungsvoll: »Den Bullemann gibt's nämlich gar nicht. Der is' nur so 'n Ammenmärchen.«

Wie? Auch den nicht? Genauso wenig wie den Nikolaus? Sprachlos starrte ich Papa an.

»Ehrlich«, sagte er. »Is' ja irgendwie nicht richtig,

dass man euch Kröten immer Angst damit macht. Und jetzt geh' mal rüber und lass dir von Mutti Geld geben, und zwei Groschen für neuen Lakritz.« Er zwinkerte mir zu, ging dann ächzend wieder in die Waagerechte. »Die Arzneiflasche is' ja fast leer.«

Langsam rutschte ich von der Sofakante. Aber bevor ich in die Küche ging, nutzte ich Papas liegende Position aus und baute mich vor ihm auf. »Du musst mir vorher noch was sagen.« Es sah so aus, als verkneife er sich ein Lachen. Trotzdem fragte ich: »Kanntest du den Nikolaus, der dich mit dem Auto zum Krankenhaus gefahren hat?«

»Nee, nie zuvor gesehen.« Jetzt sah er wieder ernsthaft aus; er sagte ganz sicher die Wahrheit.

»Marlis will mir nämlich nicht sagen, wer es war.«

»Isses denn so wichtig?«

Ich überlegte. Eigentlich nicht. Nur wollte mir nicht aus dem Kopf, was dieser Herr mit der Glatze zum Schluss gesagt hatte, und das Schokoladenpferd in Stanniolpapier hütete ich wie einen Schatz.

Ehe ich mich zu einer Antwort entschließen konnte, fuhr Papa fort: »Dass es den Nikolaus nicht gibt, weißte schon länger, mh?«

Da nickte ich.

Um mein Versprechen einzulösen, fand ich mich bei Mutti ein, die gerade Gehacktesklopse formte. Ich richtete Papas Botschaft aus. Statt die Geldbörse herauszuholen, wusch sie ihre Hände, trocknete sie an der Schürze ab und ging zum Wohnzimmer.

»Heute nicht!«, sagte sie, im Türrahmen stehend.
Papa richtete sich auf. »Nur zwei. Leni geht!«
»Leni muss Hausaufgaben machen.«
»Dann du.«
»Den Teufel werd ich tun!«
»Nun mach keine Fisematenten, Hetti. Ich besauf mich schon nicht.«

Mein Blick schweifte zwischen den beiden hin und her. Einerseits ging ich gern für Papa zur Bude, schließlich bekam ich jedes Mal zwei Groschen dafür. Andererseits hasste ich es, wenn er Bier getrunken hatte. Bollerig wurde er dann, und sein Atem roch sauer, wenn er mir einen Kuss gab.

Heute setzte sich Mutti durch. »Leni bleibt hier. – Los, hol deine Schultasche! Ich räum dir gleich den Küchentisch frei.«

Als mein Bruder und meine Schwester von der Schule heimkamen, wurde es Zeit für die Königsberger. Wir nahmen unsere Plätze am Mittagstisch ein: Uschi auf der kurzen Seite der Eckbank, Berni und ich auf der langen, Papa und Mutti auf den weiß lackierten Holzstühlen. Es schmeckte uns allen, aber Papa besonders, er nahm sich zwei Mal Nachschlag.

Hinterher war er wieder einmal müde und humpelte ins Wohnzimmer, um auf dem Sofa seinen Mittagsschlaf zu halten.

Mutti schickte Berni mit der Kohlenteute in den Keller.

»Leni, du kannst gleich mitgehen«, sagte sie. »Ich brauch Kartoffeln für morgen.«

Neuerdings lagerten die dort unten – zu meinem Kummer. Nicht nur, dass mir Kartoffeln auf Herrn Lorreks Wagen wegen der Fanni sympathischer waren, das Raufholen aus dem Keller war schlimmer als Vorrechnen an der Tafel oder beim Abschreiben erwischt werden, nur wusste Mutti das nicht.

Ich nahm den Eimer und folgte Berni ins Treppenhaus. Immerhin war ich nicht allein.

Unten schloss mein Bruder die Lattentür auf. Er ging in die Kohlenecke, ich an die Kartoffelkiste. Aber ich blieb davor stehen und rührte mich nicht. Reingreifen, wies ich mich an, so rasch wie möglich mit den Händen Kartoffeln in den Eimer schaufeln!

Und stand weiterhin wie erstarrt.

Asseln, Spinnen, Kartoffelkäfer … garantiert waren da welche drin. Sie würden über meine Hände laufen, die Arme hoch, womöglich bis zum Gesicht!

Meine Nackenhaare richteten sich auf. Ich gruselte mich entsetzlich vor allen Tieren, die mehr als vier Beine hatten, doch hütete ich die Angst, so gut ich es vermochte. Die Jungs aus unserem Haus und vom *Eiskeller* fingen mit Vorliebe Heupferdchen. Himmel, wenn die merkten, welches Grausen diese Untiere in mir auslösten!

Ich atmete tief durch, dann begann ich, *Meister Jakob* zu singen und beförderte, so schnell ich konnte, mit beiden Händen die Kartoffeln aus den Tiefen der Kiste in meinen Eimer. Ein Schauer nach dem anderen lief mir den Rücken herunter, mein Herz klopfte einen wilden Takt, dennoch hörte ich nicht eher auf, bis der Eimer gefüllt war – ungefähr nach dreimaligem Durchlauf des schlafenden Jakobs.

Und jetzt bloß weg!

»Berni?«

Wo war er? Bei den Kohlen jedenfalls nicht.

Hochgegangen konnte er nicht sein, er musste ja hinter uns den Keller abschließen. Ich spähte um die Ecke in den Gang – keine Spur von meinem Bruder. Nur die Kohlenteute stand ganz hinten, wo es zur Waschküche und zum Fahrradkeller ging. Was machte Berni dort? Ob er bei seinem Rad war? Seit er es zum Geburtstag bekommen hatte, pusselte er dauernd daran herum.

Ich stellte meinen Eimer vor der Treppe ab und taperte durch den Gang. »Berni, wo bleibste denn?«

Leise und seltsam dumpf erklang eine Antwort: »Haaaaallo!«

Gehörte diese dunkle Stimme wirklich meinem Bruder? Und wo kam sie her?

Vom Vorraum zur Waschküche, wo die Zinkbadewannen, die nicht mehr gebraucht wurden, aufgereiht an der Wand standen. Meine Hand tastete zum Lichtschalter.

Da tönte es erneut: »Haaaallo!« Lauter und noch tiefer diesmal. »Komm her, ich bin der Buuuuullemann.«

Ich verharrte und horchte einen Moment in mich hinein. Weder Furcht noch Panik erfasste mich. Mit so einem Quatsch konnte man mir keine Angst mehr einjagen.

»Jau! Und ich der Nikolaus.«

Mit der Faust schlug ich nacheinander gegen die drei Wannen, dass es nur so dröhnte. Und schon bewegte sich die letzte wie von Geisterhand ein Stück von der Mauer weg. Berni kam dahinter hervor, wollte mir eine Kopfnuss geben, aber ich wich geschickt aus.

»Doofe Ziege!« Er ging zu seiner Teute und würdigte mich keines Blickes.

Der Bullemann hatte seinen Schrecken verloren. Ob ich irgendwann auch keine Angst mehr vor den Vielbeinern haben würde …?

Hüter des Feuers

Die Osterfeuer waren bei uns Tradition. Sie gehörten zum Fest wie das Eiersuchen am Morgen und der Schokoladenhase, den ich von Oma geschenkt bekam. Wochenlang sammelten wir für das Feuer. Äste, Zweige, Kartons und Kisten, Sperrmüll – alles wurde zusammengetragen. Der kleine Haufen Brennmaterial wuchs nach und nach zu einem riesigen Turm. Und der war ein Heiligtum. Aufgebaut auf dem Brachgelände hinter dem Haus meiner Kindheit, gehütet wie ein Augapfel.

»Ich muss aber bis halb zehn draußen bleiben!«, beharrte Berni.

Er hatte sich eine Knifte geschmiert und hielt sie in der Hand, schon wieder auf dem Sprung.

Mutti schaute ihn missbilligend an, nahm dann einen Apfel aus dem Obstkorb. »Nimm den auch noch mit. Und zieh 'ne warme Jacke an, abends wird's kalt!«

»Darf ich auch mit?« Ich hatte meinen letzten Bissen

Graubrot mit Rübenkraut heruntergeschluckt und leckte mir die Lippen. Eine Zusage erwartete ich nicht, aber versuchen konnte man es ja; schließlich war ich bei diesem Osterfeuer schon wieder ein Jahr älter als beim letzten.

»Kommt gar nicht in Frage«, antwortete Mutti. »Du kannst gleich noch *Intermezzo* gucken und danach gehste ab inne Falle.«

Ich zog einen Flunsch.

»Leni, morgen früh, da darfste uns bei der Wache helfen. Ostersamstach brauchen wir jeden, is' der brenzlichste Tach.« Damit steckte mein Bruder den Apfel in den Beutel zum Butterbrot, griff sich die Taschenlampe und war schon auf dem Weg zur Haustür.

»Die Jacke!«, rief ihm Mutti hinterher.

Am nächsten Morgen durfte ich tatsächlich das Feuer hüten oder vielmehr das, woraus später eines werden sollte. Natürlich nicht allein. Ich war mit Marlis sowie Annemarie und ihrem Bruder Gerd eingeteilt. Wir fanden uns morgens um acht vor dem gewaltigen Turm ein. Ehrfürchtig sahen wir zu seiner Spitze empor. Dort prangte die schwarz-gelbe Fahne Borussia Dortmunds an einem ausgedienten Krückstock von Marlis' Opa. Dieser hatte am zweiten Weihnachtstag seinen letzten Atemzug getan. An Steinstaublunge war er gestorben, hatte mir meine Freundin erzählt. Das Wort erweckte Schreckensvorstellungen in mir. Noch hatte ich mich nicht getraut, mich bei Papa danach zu erkundigen. Dass diese grausige Krankheit irgendetwas mit der Arbeit auf der Zeche zu tun hatte, ahnte ich allerdings.

Berni war mitgekommen, um uns strenge Anweisungen zu geben: »Ihr wacht drei Stunden, also bis elf. Mindestens zwei von euch müssen immer da sein, verstanden?«

Wir nickten.

»Augen auf in alle Richtungen, besonders in diese ...« Er wies über das mit hohem Gras, Gebüsch und Staudenpflanzen bewachsene Brachland in Richtung Caubstraße. »Von da kommen sie meistens, aufem Umweg, wisst ihr ja.«

»Die Blöcker«, wisperte ich Marlis zu. Ein mulmiges Gefühl machte sich in meiner Magengegend breit.

Meine Freundin streifte mich nur mit einem Blick. Hatte sie keine Angst? Die Blöcker waren unsere Erzfeinde. So was Ähnliches wie Borussia Dortmund für Schalke 04. Sie hatten ihren Namen von den Wohnblocks in der Josefinenstraße, in denen sie beheimatet waren, ein paar hundert Meter weiter. Arme Leute lebten dort, mit vielen Kindern, die ziemlich wild waren, sich gerne prügelten und Banden bildeten. Mit einer von ihnen hatten wir es hier in der Uechtingstraße letzten Winter zu tun bekommen. Mit Grauen erinnerte ich mich an den dicken, harten Schneeball. Ein Junge, zwei Köpfe größer als ich, hatte ihn aus wenigen Metern Entfernung mitten auf meine Nase geknallt. Es tat so weh, dass ich umfiel und vor Schmerz keine Luft bekam. Die anderen kümmerten sich sofort um mich, und so hatte der Täter fliehen können.

»Sobald sich was tut, ruft ihr Verstärkung. Günther und ich sind oben. Reinhold muss im Garten bei seinen Eltern helfen. Hier!« Berni gab Gerd eine Trillerpfeife. »Drei Mal lang heißt Alarm, wir kommen dann sofort. Fünf Mal kurz ist Entwarnung.«

Ich schluckte, als Gerd die Pfeife in die Hosentasche steckte. Hoffentlich hatte sie kein Loch.

Schon kamen die nächsten Anweisungen. »Ihr müsst euch bewaffnen. Drüben liegen Pfeil und Bogen und Knüppel. Lasst euch bloß nicht einschüchtern, wenn sie auftauchen!«

Damit ließ uns Berni allein und wir vier hockten uns auf zwei Apfelsinenkisten, die später den Flammen zum Fraß vorgeworfen werden sollten. Wir hatten sie so vor den Brennhaufen gestellt, dass wir genau in Richtung Caubstraße schauen konnten.

Eine Weile sahen wir angestrengt in die Ferne, keiner sagte ein Wort. Dann gähnte Annemarie.

Marlis holte ein Schnupftuch aus der Rocktasche und putzte sich die Nase.

»Siehste, jetzt haste dich erkältet«, sagte ich. »Weil du unbedingt Kniestrümpfe anziehen musstest.«

»Morgen is' Ostern und ab Ostern werden sowieso keine langen Strümpfe mehr getragen.«

Nur zu gern wäre auch ich die ekligen Wollstrümpfe und das Leibchen losgeworden, aber Mutti hatte gemeint, es sei noch zu kalt. »Ja«, sagte ich dennoch.

»Morgen! Morgen zieh ich auch Kniestrümpfe an. Weiße, ganz neue!«

Wir blickten beide wieder schweigend in Richtung Gefahrenzone, bis Gerd, von Annemaries erneutem Gähnen begleitet, den beliebten, zu einer langen Schlinge zusammengebundenen Wollfaden hervorholte. Geschickt verteilte er ihn über seine Finger, und die erste Figur entstand.

»Ich zuerst, ich zuerst!«, rief Annemarie, jetzt hellwach.

Marlis und ich überließen mit großmütigem Grinsen Gerds kleiner Schwester das erste Abnehmen.

So vertrieben wir uns die Zeit, bis mitten im Spiel Annemarie sagte: »Ich muss mal.«

Gerd musste seine Schwester begleiten, um die Wohnung auf- und abzuschließen. Die beiden zogen los, während Marlis und ich nun wieder pflichtbewusst zur Caubstraße hinüberschauten.

Und dann sah ich etwas. Hinten am Zaun bewegte es sich. Mich traf der Schreck so eiskalt wie damals der Schneeball am Kopf. »Marlis«, flüsterte ich und griff nach der Hand meiner Freundin.

»Vielleicht 'ne Katze oder 'n Hund …?« Es hörte sich nicht gerade an, als ob sie das selber glauben würde.

Wie auf ein geheimes Zeichen standen wir auf. Nein, das war kein Tier! Solche großen Katzen oder Hunde gab es nicht. Da pirschte sich jemand durchs Gebüsch. Nein, nicht jemand, das waren sogar mehrere!

»Wo is' die Pfeife?«, rief Marlis und fasste mich an den Oberarm.

»Ich … ich weiß nicht, ich glaub … Gerd«, stammelte ich und spürte mein Herz.

Wieder ein Blick in die Richtung, aus der das Verhängnis drohte. Sie waren näher gekommen und jetzt deutlich zu erkennen. Drei an der Zahl, alles Jungs! Sie machten sich gar nicht mehr die Mühe, in Deckung zu bleiben.

Marlis zog an meinem Ärmel. »Komm, die Waffen!«

Aber ich bewegte mich keinen Zentimeter. Da lief sie los und schnappte sich einen der Holzprügel.

Mein Mund war ausgedörrt, in meinem Magen lag ein Klumpen. Ich fühlte wieder den Schmerz vom Aufprall des Schneeballs, und die Angst überfiel mich und lähmte meine Gedanken. Oder beflügelte sie, denn wie sonst konnte so schnell dieser Entschluss in mir reifen?

»Ich hol Hilfe!«

Ohne mich noch einmal nach Marlis umzudrehen, rannte ich zum Hintereingang.

Weg, weg, weg! Die haun dich tot!

Keuchend im Dachgeschoss angekommen, schellte ich Sturm. Welch ein Glück, dass ich im letzten halben Jahr so gewachsen war und inzwischen an die Klingel heranreichte! Niemand öffnete; zwei weitere Male musste ich den Finger auf den Knopf pressen, bis ich endlich die WC-Spülung rauschen hörte und kurz darauf die Tür aufgerissen wurde. Berni starrte mich an und steckte sich dabei das Hemd in den Hosenbund.

Ich schluckte.

»Leni, was is' passiert?« Berni fasste mich an beiden Schultern, rüttelte mich.

»Alarm«, brachte ich heiser hervor.

»Mensch, warum pfeift ihr denn nicht?«

Er lief in die Küche ans Fenster, kam sofort zurück und schlüpfte eilig in seine Schuhe. Ich sah, dass er blass im Gesicht war. Den Schneeball an der Nase spürte ich nicht mehr, wohl aber etwas anderes. Es krampfte sich in meinem Inneren zusammen, und als ich auf den Küchenstuhl kletterte und meinen Kopf unter die Scheibengardine schob, wurde mir schlecht.

Unten sah ich Marlis vor dem Osterfeuerturm stehen, mit einem Holzprügel in der Hand, fast so lang, wie sie selbst groß war. Drei Blöcker, viel älter als sie und nur wenige Meter entfernt, ihr gegenüber. Sie redeten auf meine Freundin ein, machten alberne Gesten, vielleicht drohten sie ihr auch … Doch sie stand dort wie ein Zinnsoldat. Selbst als die drei noch einen Schritt näher rückten, rührte sie sich nicht vom Fleck, hob nur den Knüppel mit beiden Händen ein Stück in die Höhe.

Ich hörte die Jungen lachen, und einer streckte die Hand nach Marlis aus.

Lieber Gott, bitte mach, dass sie ihr nichts tun, bitte hilf ihr!

Und in dem Moment drehten sie sich um, als hätten sie etwas gehört.

Berni ging über die Wiese auf die Gruppe zu. Auf einmal kam auch Gerd angerannt, Annemarie mit

Sicherheitsabstand hinterher, und von hinten tauchte Reinhold aus dem Garten auf und näherte sich mit langsamen, gewichtigen Schritten.

Die Blöcker sahen in die Runde. Einer von ihnen, der Größte, spuckte auf den Boden, winkte den anderen und dann zogen sie tatsächlich ab in Richtung *Eiskeller*. So, als hätten sie rein zufällig auf dem Weg dorthin an unserem Osterfeuer Station gemacht.

Ich sah, wie unten alle beieinanderstanden, um Marlis herum, und Berni ihr den Arm um die Schulter legte. Erleichterung durchflutete mich, doch gleich darauf folgte wie eine heiße Welle die Scham. Nie wieder würde ich Marlis unter die Augen treten können!

Und dann rannte ich ins Badezimmer und erbrach mich.

Osterspaziergang

Mutti brühte mir Kamillentee auf. Den restlichen Samstag lag ich auf der Couch, mit einer Wärmflasche auf dem Bauch. Ich ließ mich ein bisschen bedauern, wollte aber mit niemandem reden. Und als Berni ins Wohnzimmer schaute und mir »Gute Besserung von Marlis« ausrichtete, drehte ich mich wortlos zur Wand.

Meine Gedanken arbeiteten. Immer wieder ging ich alles von vorne bis hinten durch, überlegte mir Gründe, Ausreden, Beschönigungen und kam doch jedes Mal zum selben Ergebnis: Niemals würde mir Marlis verzeihen. Ihre Grüße sollten mir nur wehtun, konnten nicht ehrlich gemeint sein nach dem, was ich ihr angetan hatte.

Ganz im Gegensatz zu meiner Stimmung strahlte am nächsten Morgen die Sonne von einem blitzblanken blauen Himmel. Ich suchte mit meinen Geschwistern in der Wohnung nach versteckten Eiern, doch selbst über das kleine Nest mit den Schokoladenhäschen konnte ich mich nicht freuen.

Natürlich wollte Papa wie jedes Jahr mit uns Kindern einen Osterspaziergang machen. Mutti kam nicht mit; sie bereitete das Feiertagsessen zu und Uschi gab vor, ihr dabei helfen zu wollen. Unendlich langsam zog ich die neuen Kniestrümpfe an und das Kostüm mit dem Schottenrock.

Wäre ich doch gar nicht erst aufgestanden! Überall da draußen konnte mir Marlis begegnen, und was sollte ich dann tun?

»Kann ich nicht hierbleiben?«, fragte mein Bruder. »Heute fehlen uns wieder die Wachen!«

»Ohne dich will ich auch nicht!«, warf ich dazwischen, ehe Papa überhaupt antworten konnte.

»Willste denn nicht nachher noch flippern?«, fragte der stattdessen zurück.

Ich sah, wie es in Bernis Augen aufleuchtete. Er spielte für sein Leben gern am Flipperautomaten, aber wann durfte er schon mal in eine Kneipe?

»Also gut«, meinte er und ging seine Spardose holen.

Papa legte mir eine Hand auf die Schulter. »Was haste denn, Leni? Du siehst ja ganz bedröppelt aus.«

»Nix.« Ich schluckte, aber der Hals blieb wie zugeschnürt.

Bald darauf waren wir unterwegs, Papa im hellgrauen Frühjahrsanzug, sogar einen Schlips hatte er umgebunden. Er nahm mich an die Hand, was ich eigentlich nicht mochte, aber mir war nicht nach Streit zumute. Berni hatte unseren neuen Fotoapparat umgehängt. Drei oder vier Bilder mussten noch geknipst werden, bevor der erste Film zu *Photo Porst* geschickt werden konnte. Bei der kleinen Grünanlage in der Nähe unserer Schule waren sie fällig: Berni und ich auf der Bank, er den Arm um meine Schulter: Geschwistereintracht. Papa vor dem blühenden Forsythienstrauch – schade, dass man das leuchtende Gelb auf dem Foto nicht sehen würde. Und schließlich ich allein, den Kopf neckisch zur Seite gelegt, an einem Baumstamm lehnend. Danach war er voll, der Film, und Papa fand es an der Zeit, dem Büdchen am Bahnhof Schalke-Nord einen Besuch abzustatten. Es war schon kein Büdchen mehr, sondern eher eine Riesen-Bude, deshalb wurde sie oft sogar Trinkhalle genannt. Drei Stufen führten hinauf und sie nahm zwei Hausseiten ein. In ihren Schaufenstern stapelten sich Kinderherrlichkeiten: Bonbons jeglicher Art, Dauerlutscher, Negerküsse, Mäusespeck, Lakritz in verschiedenen Formen, Brausetüten, Kaugummi …, eine Vielzahl Spielzeug wie Wasserpistolen, Pfeil und Bogen, Indianerkopfschmuck; für uns Mädchen Zopfspangen, Haarreifen, kleine Puppen … und hundert andere Dinge, die wir stets aufs Neue bestaunten.

Berni bekam eine Sinalco, Papa seinen Jägermeister und ich die ersehnte Wundertüte. Gespannt riss ich sie auf.

»Was guckste denn so belämmert? Zeich mal, was is' denn drin?«

Vor der Comeniusschule

»Hier. Schenk ich dir.« Ich drückte Berni die Tüte in die Hand.

Ausgerechnet eine Trillerpfeife! Dabei hatte ich gerade so schön vergessen, was gestern Morgen passiert war.

Als wir in die Freiligrathstraße bogen, kündigte Glockenläuten das Ende des Kindergottesdienstes an. Bedrückt spähte ich hinüber zur Gnadenkirche. Ob Marlis ohne mich in die Kirche gegangen war? Der dicke Klumpen wollte sich schon wieder in meinem Bauch zusammenballen.

Papa traf seinen Arbeitskollegen Jupp. »Wie isset mit Frühschoppen?«, fragte er ihn, kaum dass sie sich die Hände geschüttelt hatten.

»Heut nicht, kommt noch Besuch gleich, und meine Alte wird brastich, weißte ja.«

Während sich die beiden weiter unterhielten, beobachtete ich, hinter Papa versteckt, die andere Straßenseite. Da kamen sie alle aus dem Tor: Mädchen mit weißen Strümpfen und schwarzen Lackschuhen, ein paar Jungen schon in kurzen Hosen. Meine Freundin war nicht unter ihnen. Aufatmen.

»Wenn wir noch lange hier stehen, sind wir nicht zum Mittach zurück«, nörgelte mein Bruder und erntete vollstes Verständnis von Papa: »Jupp, wir müssen. Bis die Tage!«

Zwanzig Minuten später war es zu Bernis Freude endlich so weit: Einkehr in die Eckkneipe *Heiden*. Papa gab mir zwei Groschen, mit denen ich mir eine Handvoll Erdnüsse am Automaten zog. Dann hob er mich auf einen Barhocker, bestellte mir ein Malzbier und ziepte an einem meiner Zöpfchen. »Wir bleiben nicht lange.«

Ich glaubte ihm kein Wort.

Währenddessen war mein Bruder längst im Flipperrausch. Ein Junge, älter als Berni, hatte sich zu ihm gesellt. Für die beiden schien es nichts anderes mehr auf der Welt zu geben als diesen Kasten auf vier Beinen mit seinen bunten Lichtern und der Kugel, die sich unter der Glasscheibe immer wieder aufs Neue ihren Weg zu den Flipperhebeln und in die Versenkung suchte. Um sie aufzuhalten, drückten die Jungs auf zwei Knöpfe, rechts und links, als ginge es um ihr Leben. Ich sah es blinken, hörte es bimmeln und fand das Spiel ungemein doof. Zumal ich nicht mitmachen durfte.

Das »nicht lange« weitete sich aus wie erwartet. Auf Papas Bierdeckel hatten sich vier Striche angesammelt, als ich mich langsam vom Hocker hinunterrutschten ließ. Ich hatte genug. Von hier aus war es nicht mehr weit; ich würde rennen und ganz schnell zu Hause sein und für den Rest der Osterferien nicht mehr nach draußen gehen.

Bekam Papa nichts mit?

Der hob gerade sein Bierglas und stieß mit Herrn Heiden an. »Auf dat eins zu null gestern!«

Die waren also mal wieder bei den Blau-Weißen. Unbemerkt konnte ich mich zum Ausgang verdrücken.

Die Sonne strahlte noch immer osterwunschmäßig und am Himmel zeigten sich Schäfchenwolken. Ich blinzelte zu ihnen empor.

»Was machst du denn hier?«

Ich riss die Augen auf, sah mich um.

Marlis stand vor mir. In der Hand hielt sie eine Glasschale mit vier Eishörnchen.

Da ich nicht antwortete, ging sie nach einem kurzen Blick auf das Eis weiter. Ich blieb an ihrer Seite.

»Papa und Berni sind noch bei Heiden«, erklärte ich. »Aber die vermissen mich nicht.«

Eine Weile setzten wir schweigend den Weg fort. Es tat mir weh. Sonst hatten wir immer was zu quatschen.

»Schon Nachtisch?«, erkundigte ich mich schließlich.

»Ja. Heute gab's früher Mittachessen. Wir wollen noch in den Zoo nachher.«

»Oh …« Wie gerne wäre ich mitgegangen!

Wieder Schweigen. Bis zum *Eiskeller*.

»Kommste heute Abend zum Feuer?« Die Frage musste ich einfach stellen, bevor Marlis im dunklen Hausflur verschwand.

»Klar. Du auch?«

Ich nickte.

»Dann is' ja gut.« Sie ging.

Mutti schimpfte, als ich allein zu Hause auftauchte. Papa schimpfte, als er mit meinem Bruder kurz vorm Mittagessen heimkam. Nur Uschi zwinkerte mir aufmunternd zu. Aber mir war das alles egal, ich hatte schließlich andere Sorgen.

Funkenflug

»Dann habt ihr euch also wieder vertragen?«, fragte Uschi. Wir standen beide an der Spüle. Sie wusch das Geschirr, ich trocknete ab.

»Ja, nee ...«

Hatten wir? So richtig wohl noch nicht.

Uschi durchschaute die Sache. »Na, wird schon. Heute Abend is' bestimmt alles wieder gut.«

Aber so sicher war ich mir da nicht.

Als es anfing zu dämmern, fanden sich nach und nach sämtliche Kinder und einige der Jugendlichen aus unserem Wohnhaus und dem *Eiskeller* beim Osterfeuerturm ein. Marlis und ich standen nebeneinander und beobachteten, wie ihr Bruder Günther ein Streichholz anzündete und in das Nest aus Papier und Zweigen unter dem aufgeschichteten Holz hielt. Die Flammen züngelten, loderten, es knisterte, und bald erhellte der Schein des Feuers die Gesichter der Umstehenden.

Ich spürte die Hitze und trat einen Schritt zurück. Sah Marlis mich missbilligend an oder bildete ich mir das ein? Aber auch sie rückte ein Stück vom Feuer ab.

»Schön, nä?«, wagte ich einen Anfang.

Marlis nickte. »Brennt bestimmt 'n paar Stunden.«

Dann starrten wir wieder beide in die Flammen.

Jemand begann zu singen: »Jenseits des Tales standen ihre Zelte …«

Froh, nicht mehr überlegen zu müssen, wie ich die Unterhaltung mit Marlis in Gang halten könnte, stimmte ich mit ein: »… zum hohen Abendhimmel quoll der Rauch.«

Ich liebte dieses Lied. Schon allein deshalb, weil Pferde darin vorkamen. Hieß es doch weiter:

*»Da war ein Singen in dem ganzen Heere,
und ihre Reiterbuben sangen auch.«*

Irgendwann würde auch ich auf einem Pferderücken sitzen und singen. Kein Reiterbub, aber Leni, das Reitermädchen, würde ich sein.

»Sie putzten klirrend am Geschirr der Pferde …«

Oh ja, gern würde ich das Zaumzeug putzen! Jeden Tag, es würde blinken und blitzen wie gelackt.

Bis zum Ende des Liedes hatte ich mich in mutige Stimmung gesungen. »Wie war's denn im Zoo?«, fragte ich Marlis.

Im Ruhrzoo

»Klasse. Nur ziemlich voll. Aber die Seehunde hab ich prima geseh'n, als sie gefüttert wurden, da hat mich Papa auf die Schultern genommen.«

Ich hörte begeistert zu. Nicht wegen der Seehunde, sondern weil sie mit mir sprach. Vielleicht hatte Uschi doch recht gehabt.

Ausgerechnet jetzt kamen die *Blauen Dragoner* an die Reihe. Ein weiteres Lied, in dem Pferde eine Rolle spielten, und daher ebenfalls von mir geliebt. Aber gleichzeitig singen und mit Marlis reden ging nicht. Mir blieb nur der Verzicht auf eines von beiden. Ich fasste meine Freundin am Arm und winkte ihr mit dem Kopf, ein Stück beiseitezugehen. Von etwas weiter weg sah das Feuer beinahe noch schöner aus. Und wir waren ganz für uns. Marlis erzählte vom Ruhrzoo. Von den Elefanten, denen die Pfleger Kunststücke beigebracht hatten, und von dem Flusspferd, das in dem kleinen viereckigen Becken kaum eine Runde schwimmen konnte.

»Jau«, sagte ich. »Hab ich auch gedacht, als ich das letzte Mal da war. Ist doch viel zu winzig für so'n dickes Tier.«

»Wenn ich mal später im Lotto gewinn, bau ich 'nen eigenen Zoo mit viel, viel größeren Gehegen.«

Das fand ich sehr edel von Marlis. Ich beschloss, ebenfalls Lotto zu spielen, wenn ich groß war.

»Ach, und dann konnte man Ponyreiten!«

Ich merkte, wie der Satz in mein Herz stach. Das saß! Marlis hatte reiten dürfen. Hoffentlich sah sie mir meinen Neid nicht an.

»Aber ich wollte nicht. Weißte ja, ich hab bisschen Schiss vor großen Tieren.«

Erleichtert nickte ich, doch gleich darauf bedauerte ich umso mehr, nicht mit dabei gewesen zu sein.

»Dafür hab ich aber was ganz Süßes gekriegt, gab's da anner Bude. Soll ich es holen?«

Kaum hatte ich zugestimmt, lief Marlis los.

Der Himmel war jetzt tiefdunkel. Sternenpunkte zeigten sich darin. Je länger ich hinaufschaute, desto mehr wurden es. Ab und zu flogen Funken dazwischen hindurch wie Sternschnuppen. Vom Feuer erklang Gelächter und Reden.

»Hier, guck mal!«

Marlis war zurück. Sie hielt mir etwas entgegen, ein Stofftier. Ein Pferd! Strahlend weiß, mit richtigem Sattel und Zaumzeug. Und das Tollste: Auf ihm saß ein Mädchen, gekleidet wie ein Cowboy mit Fransenjacke und Hut, und darunter schauten zwei braune Zöpfe hervor.

»Boah!«, entfuhr es mir.

Ehrfürchtig nahm ich Ross und Reiterin aus Marlis' Händen entgegen. Ich ging in die Hocke, ließ das Paar im Gras galoppieren.

Marlis hockte sich neben mich. »Dacht ich mir, dass dir die beiden gefallen.«

Wir spielten eine Weile selbstvergessen vor uns hin, ließen das Mädchen absteigen, zogen ihr die Jacke aus und an, sattelten den Schimmel ab, suchten nach Namen für Pferd und Reiterin.

»Wollt ihr keine Kartoffeln? Sind nicht mehr viele

da.« Überrascht schauten wir auf; Günther stand vor uns. Er streckte seiner Schwester die Hand entgegen. »Na, komm schon!«

Ich folgte den beiden.

Zwei in der Asche gegarte Kartoffeln waren noch übrig. Marlis und ich pulten die Schalen ab und bissen genussvoll in das gelbe, weiche Innere, während die anderen einige Meter entfernt zusammengluckten und sich etwas erzählten. Mit einem Ohr lauschte ich hinüber. »Schlufka, Schlufka ...« Aha, die Gruselgeschichte von der Nonne, die nach ihrem Tod die Treppen des Klosters hinauf- und hinunter schleicht. Gänsehaut breitete sich auf meinen Armen aus. Dabei hatte ich die Geschichte schon hundert Mal gehört, von meinen Geschwistern, abends im Bett, wenn die Taschenlampe eine riesige Schattenhand an die Zimmerdecke warf.

Auch Marlis hörte kauend zu. Nebeneinander saßen wir einträchtig auf einer Kiste, das Feuer wärmte unsere Rücken.

Und dann schrie auf einmal jemand: »Die Wiese!«

Alle sprangen auf, liefen herum, fragten, riefen durcheinander. Hinter dem lodernden Turm hatte das Gras Feuer gefangen. Eine Brandlinie aus harmlos aussehenden Flammen fraß sich Zentimeter für Zentimeter weiter, bildete bald einen Halbkreis um unseren Turm.

»Austreten!«, kommandierte Berni, und die Jungen begannen, wie wild auf die Linie einzustampfen.

Aber so schnell ihre Füße auch traten, die Flammen waren immer einen Tick schneller. Wo die einen soeben erloschen, brandeten dahinter neue auf, und die wiederum höher, größer, gefährlicher!

Husten, Treten, Keuchen – gebannt verfolgte ich den Kampf. Wieso war das so schwierig, dieses blöde Feuer auszubekommen? Konnte man kein Wasser holen? Während ich mich fragte, ob wir nicht in der Waschküche Eimer füllen könnten, stieß Marlis einen Schrei aus.

»Mein Cowboymädchen! Das liegt da noch!« Sie hielt sich die Hände vor den Mund.

Wir hatten es im Gras zurückgelassen, samt dem wunderschönen Pferd. Jenseits der Flammen, die die Jungen zu ersticken versuchten.

Marlis' Augen waren schreckgeweitet.

»Ach, die holen wir da raus. Ist doch gar nicht so schlimm.« Ich legte ihr einen Arm um die Schulter, drückte sie kurz an mich. »Warte!«

Ohne lange zu überlegen, rannte ich los, zur Feuerlinie, und sprang in der Lücke zwischen Berni und Günther darüber hinweg.

Auf der anderen Seite brauchte ich kaum zu suchen. Da lagen sie: das Reitermädchen und der Schimmel. Ich hob beide auf, presste sie an meine Brust und nahm erneut Anlauf zum Rücksprung über die Flammen. Ein beherzter Satz, und ich war drüber.

»Leni, was machst du für Sachen!« Mein Bruder wollte mich am Ärmel festhalten, aber ich riss mich los und lief weiter.

»Hier, alles heile.«

Marlis sah mich an, als wäre ich aus der Hölle zurückgekehrt. »Mensch, Leni …«

Auf einmal stand Uschi neben mir. »Wie siehst du denn aus?«

»Ich? Wieso?«

»Sie hat …«

Ich wischte mir über die Augen, die ein wenig brannten.

»Jetzt verschmierste alles«, sagte Uschi und lächelte. »Ich muss jetzt erst mal helfen.«

Wenig später hatte sich das Ganze zum Wiesenbrand entwickelt. Die Erwachsenen kamen aus den Häusern, mit Schüppen gewappnet. »Musst kloppa, feste kloppa!«, hörte ich Annemaries Mutter immer wieder. Sie stammte aus Ostpreußen.

Ich trat wacker mit aus, bis meine Sohlen heiß wurden. Marlis hatte sich an die Hauswand gedrückt und hielt das Pferd mit dem Mädchen fest, als wolle sie es nie mehr im Leben loslassen.

Gegen zehn hatten wir den Feuerteufel endlich besiegt. Alle standen wir da, außer Atem und mit Rußflecken im Gesicht.

»Ohne Feuerwehr geschafft«, sagte Berni.

»Ich wollt schon zur Chemischen laufen und den Pförtner anrufen lassen«, gab Mutti zu, »aber Papa hat gemeint, wär' nicht nötig.«

»Der Wind ging ja inne andere Richtung, Hetti, nicht zum Haus.«

»Nächstes Ostern machen wir besser«, sagte Annemaries Mutter und stützte sich auf ihre Schaufel. »Bleiben wir bei die Kinder, passen auf und feiern kleines Nachbarfest.«

Die Idee fand bei den anderen Erwachsenen Anklang. Sie tranken gleich noch ein Bier darauf, während das Feuer langsam zum Gluthaufen zusammenschrumpfte.

Ich ging zu Marlis hinüber und wir zwei setzten uns auf die Stufe vor der Tür.

»Du …?«

Ich sah meine Freundin an.

»Ich hätt' mich nicht getraut, war ganz schön mutig von dir.«

»Findeste?«

Ein paar Sekunden überlegte ich. War ich wirklich mutig gewesen? Eigentlich hatte ich gar keine Angst gehabt oder höchstens ein bisschen.

Dann sagte Marlis: »Jetzt weiß ich, wie sie heißen soll!«, und strahlte mich an.

»Ja? Wie denn?«

»Leni!«

Mir wurde heiß vor Freude, und ich wusste, jetzt war wirklich alles wieder gut.

Nicht für Kinder

Wenn ich das Päckchen mit den Fingern drückte, knisterte es. Mir gefiel das Geräusch. Ich mochte auch das ockerfarbene Papier mit dem schwarz-weißen Schriftzug. Und ich mochte den Moment, wenn ich es vorsichtig mit der Schere aufschnitt und der Duft entwich – dezent noch, aber schon ein tiefes Einatmen wert. Der allerschönste Moment aber kam gleich danach: das herausnehmen, was obenauf lag, verpackt in gleichem ockerfarbenem Papier wie der Kaffee – das Bonbon!

Ich steckte es immer sofort in den Mund, ließ es zunächst auf der Zunge zergehen. Die Schokolade schmolz und langsam trat der knusprige Kern hervor, von zarter Bitternis und dennoch süß. Das *Sträter*-Mokkabonbon schmeckte anders als alles, was ich an Süßigkeiten kannte.

»Warum gibt's immer nur eins, Mutti?«, fragte ich, ohne eine Antwort zu erwarten.

»Weil du sonst alle auf einmal essen würdest.« Mutti lächelte.

»Soll ich schon was mahlen?«

»Ja, aber nur für heute Nachmittag. Oma kommt.«

Ich holte die hölzerne Mühle vom Küchenschrank und füllte zwei Handvoll Bohnen ins Mahlwerk. Dann setzte ich mich auf das Fußbänkchen, klemmte sie mir zwischen die Oberschenkel und legte los. Während ich die Kurbel in die Runde drehte, bewegten sich meine Beine im Rhythmus hin und her. Ab und zu musste ich unterbrechen und die Mühle an die richtige Stelle zurückschieben, denn immer wieder rutschte sie aus der Umklammerung. Ich liebte das Mahlgeräusch und ich liebte noch mehr den Duft, der nun entwich und viel kräftiger war als beim Öffnen der Tüte.

Beim Umfüllen des Pulvers in die mit bunten Paradiesvögeln bemalte Metalldose nahm ich Abschied vom Wohlgeruch und konnte erst einmal verschnaufen.

»Jetzt haste endlich mal Farbe inne Bäckchen«, sagte Mutti.

»Gibt's Kuchen heut Nachmittag?«

»Hefeplätzchen. Holste die gleich vom Bäcker, ja?«

Ich drückte den Deckel auf die Dose. Schade, schon zu.

Kurz nachdem das dreimalige Türklingeln Omas Ankunft angekündigt hatte, erfüllte das Aroma frisch aufgebrühten Kaffees unsere Wohnung. Es roch beinahe noch besser als beim Mahlen. Hoffnung brauchte ich mir allerdings nicht zu machen, denn während ich mich neben Oma an den Tisch setzte, stieg mir süßlicher Kakaogeruch in die Nase.

Mutti kam mit dem Topf und goss mir daraus in die Tasse.

»Na, du ziehst aber eine Schnute«, bemerkte Oma.

»Ich möchte auch Kaffee.«

Oma lachte. Aus ihrem Dutt hatte sich eine feine Haarsträhne gelöst. Fasziniert beobachtete ich, wie sie mitwippte; dann aber besann ich mich. »Das is' nicht lustig. Ihr trinkt doch alle Kaffee.«

»Der is' nix für Kinder«, sagte Mutti. »Du kennst doch das Lied«, und sie begann zu singen:

»*C-A-F-F-E-E,*
trink' nicht so viel Kaffee.
Nicht für Kinder ist der Türkentrank,
schwächt die Nerven, macht dich blass und krank.
Sei doch kein Muselman,
der ihn nicht lassen kann."

Ich schwieg. Das Einzige, was ich an dem Lied mochte, war das schöne Wort Muselman. Jemand, der weit weg im Osten wohnte, dort, wo man viel Kaffee trank. Das durften da sicher auch die Kinder.

An meinem zehnten Geburtstag passierte es. Ich öffnete das Päckchen und kein Bonbonpapier schimmerte mir entgegen. Ob es nach unten gerutscht war? Ich wühlte zwischen den Bohnen – nichts.

Oma Martha war schon da und ich lief hinüber ins Wohnzimmer, um von dem Unglück zu erzählen. Die Tüte hielt ich ihr als Beweis unter die Nase.

Sie atmete tief ein. »Mhhh ... Wunderbar!«

Ja, das wusste ich auch, aber damit war mir nicht geholfen!

Da nahm sie eine Kaffeebohne heraus und steckte sie in ihren Mund.

Wie? Essen ...?

Augenzwinkernd reichte sie mir das Päckchen zurück. Und ich folgte ihrem Beispiel, langsam, nicht ganz überzeugt davon, dass das nun ein Ersatz für mein großartiges Bonbon wäre. Omas Kiefer malmten, also biss auch ich auf die glatte Bohne. Mit ihrem Zerbersten breitete sich ein herzhaft-bitterer Geschmack in meinem Mund aus. Ich knackte, kaute, schmeckte ... und fand mich im stillen Einvernehmen mit Oma wieder, die mich anlächelte.

Mutti kam herein.

Oma legte einen Finger an die Lippen, schluckte und sagte: »Nun sparen sie doch tatsächlich das Mokkabonbon!«

»Oh!«, rutschte es Mutti heraus. »Das arme Kind.«

Ich schluckte ebenfalls die letzten Krümel herunter und schaute traurig auf.

Oma strich mir seufzend über den Scheitel.

Ich seufzte auch. »Und das an meinem Geburtstag.«

»Was machen wir denn da?«, fragte Mutti mit gekrauster Stirn.

Eine Minute lang schwiegen wir zu dritt. Ich war gespannt, was dabei herauskommen würde.

Schließlich meinte Oma: »Ich denke, sie ist alt genug.«

»Bin ich!«

Mutti schmunzelte und verschwand in der Küche. Kurz darauf kam sie mit einer der rotgeblümten Tassen von meinem Puppenservice zurück und goss mir Kaffee ein. Andächtig schnupperte ich daran. Er dampfte und glänzte fast schwarz. Ich nahm den ersten Schluck.

War der bitter! Kein Vergleich mit der zerkauten Bohne oder gar mit den Mokkabonbons! Wie konnte etwas, das so gut roch, derart unschön schmecken?

Kaum traute ich mich, Muttis und Omas Blicken zu begegnen.

»Nun ...?«

»Geht so«, sagte ich.

Die beiden brachen in Lachen aus. Aber dann stand Oma auf, ging in die Küche und kam mit dem Topf heißer Milch zurück.

»Keinen Kakao!«, wehrte ich ab.

Mutti holte eine Sammeltasse mit Unterteller aus dem Wohnzimmerschrank und goss sie halb mit neuem Kaffee voll. Oma füllte sie mit Milch auf und rührte um.

»Probier mal!«

Zweiter Versuch. Viel erwartete ich nicht.

Doch – welch eine Verwandlung! – statt herber Bitternis ein cremig-zarter Geschmack. Ich behielt den ersten Schluck einen Moment im Mund, schluckte und setzte gleich zum nächsten an.

»Aber nur sonntags«, sagte Mutti.

Sie hatte erkannt, dass ich soeben ein Muselman geworden war.

Wir gehen nach Grimberg

Wenn die Tage im Juli oder August so heiß waren, wie sie es nur in den Sommern unserer Kindheit vermochten, gab es für uns nichts Größeres als *Grimberg*. Nie habe ich ein schöneres Freibad kennengelernt. Nicht nur, dass wir uns in fünf verschiedenen Becken tummeln konnten, auch sonst war es mit kaum einem anderen vergleichbar: ein riesiges Gelände mit weiten Liegewiesen, baumbewachsenen, schattigen Arealen, Spielplätzen und einer erhöhten Promenade, von der man eine wunderbare Sicht auf das bunte Treiben hatte.

Es war an einem sonnigen Montagmorgen, kurz vor den Ferien, wir hatten wegen einer Lehrerkonferenz schulfrei. Der ideale Tag fürs Freibad, fanden Berni und ich.

Mutti war anderer Meinung. »Ihr beiden allein? Nee, kommt gar nicht inne Tüte.«

Sie traute meinem Bruder anscheinend nicht zu, dass er ordentlich auf mich aufpasste. Der hatte eine andere

Idee. »Kannste denn den Waschtach nicht verschieben und mitkommen?«, fragte er.

Mutti schüttelte den Kopf und goss sich Kaffee ein. »Du weißt doch, dass die Einteilung für die Waschküche schon lange feststeht, die lässt sich nicht so mir nix dir nix umschmeißen.«

Ich runzelte die Stirn. Zu dumm, dass Uschi seit einem Jahr Schneiderlehrling war; mit ihr hatten wir immer gedurft. Aber noch gab ich nicht auf.

»Ach, Mutti, Berni is' doch bald vierzehn. Wann isser denn endlich alt genug für mich?«, quengelte ich.

Mutter warf lächelnd einen Blick auf meinen Bruder, der gerade versuchte, mit zwei Äpfeln zu jonglieren. »Und Marlis?«, fragte sie dann. »Was is' mit ihr? Vielleicht hat ihre Mutter Zeit.«

Ich senkte den Blick. »Nee …«

»Habt ihr euch verkracht? Na, erzähl, da is' doch was!«

»Sie hat kein Geld für den Eintritt.«

»Jetzt schon nicht, am Monatsanfang? Gab doch gerade erst Taschengeld.«

»Alles für Anziehpuppen draufgegangen!«, rief Berni dazwischen, und ich schnappte nach Luft. Wie konnte er uns so reinreißen?

Mutti sah mich fragend an. »Ja«, gab ich notgedrungen zu. »Im Schaufenster waren so schöne neue, und Herr Buddensiek hat uns drinnen noch ganz viele andere gezeigt.«

»Und ihr habt alle gekauft?«

Zeche Consolidation, Gelsenkirchen

»Nicht alle. Aber auch 'n paar Glanzbilder.« Ich schob die Krümel auf meinem Frühstücksbrettchen mit dem Finger hin und her.

»Und jetzt hat Marlis kein Taschengeld mehr und du auch nicht.«

Bums! Die Antwort fiel aus, denn ein Apfel war genau in Muttis Kaffeetasse gelandet.

Nachdem wir das Chaos aus Kaffee und Scherben beseitigt hatten, durften Berni und ich trotzdem nach Grimberg. Mutti spendierte mir das Eintrittsgeld und meinem Bruder ebenfalls, wegen der Gerechtigkeit. Ihn ermahnte sie noch einmal eindringlich »bloß schön aufzupassen«. Dann machte sie uns ein Stullenpaket, steckte die beiden Äpfel in den Campingbeutel, eine Brauseflasche, zwei Handtücher und eine Decke dazu, und los ging's.

Zunächst an der Mauer der Zeche Graf Bismarck entlang. Ich war einsilbig. Nicht, weil Berni gepetzt hatte, daran dachte ich längst nicht mehr. Marlis hieß der Wermutstropfen, der mir ins frische Freibadwasser fiel. Aber für meine Freundin auf die hart erkämpfte Erlaubnis verzichten und Berni allein ziehen lassen …? Nein, dafür war der schulfreie Tag zu sommersonnig schön!

In der Nähe des Zechentors blieb Berni stehen, beschattete mit einer Hand seine Augen und sah zum Förderturm hinauf.

Ich tat es ihm nach. »Wenn die Räder sich drehen, fährt Onkel Hans im Korb runter. Oder rauf.«

»Quatsch!«

»Wohl, hat Oma Martha gesagt! Onkel Hans is' doch Bergmann.«

Berni tippte sich an die Stirn. »Wär' ja 'ne schöne Arbeit, immerzu rauf und runter fahren. Da werd ich auch Bergmann. Nee, der muss die Kohle abbauen unten im Stollen.«

»Ja, ich weiß. Und in die Loren packen. Die, die früher von Pferden gezogen wurden.«

Berni ließ den Arm sinken und schaute mich an. »Du hast aber auch immer nur Pferde im Kopp. Na, komm weiter! Die Kanalbrücke is' schon in Sicht.«

Zehn Minuten später standen wir an der eisernen Brüstung, um aufs Wasser und das, was sich am Ufer tat, hinunterzusehen. An der Böschung hatten einige Kinder und Jugendliche ihre Decken ausgebreitet. Im Wasser schwamm ein Junge. Auf einmal ging er in Rückenlage und winkte uns zu.

»He, kommt doch runter!«, rief er.

Es war Günther, der Bruder von Marlis. Mein Blick suchte das Ufer ab und tatsächlich, da saß sie: meine Freundin. Auch sie winkte jetzt und deutete auf den freien Platz neben sich auf der Decke.

Ich spielte mit dem Ende eines meiner Zöpfe, einen Moment rangen die Gedanken miteinander, aber schon hörte ich mich rufen:

»Wir gehen nach Grimberg!«

Freibad Grimberg

Marlis verschränkte die Arme. Günther drehte sich im Wasser und tauchte unter.

»Los«, sagte Berni, »lass uns weitergeh'n.«

Ich schaute mich noch einmal zu Marlis um, hob den Arm. »Tschühüüüs!«

»Am Kanal isses viel schöner!«, rief sie uns hinterher.

Schweigend überquerten wir die Brücke, liefen auf der anderen Seite zum Leinpfad hinab und setzten den Weg fort, ohne zu unseren Freunden hinüberzusehen.

Nach einer Weile fragte ich: »Findeste das auch schöner am Kanal?«

»Nööö. Die Steine sind immer so glitschig, wenn man ins Wasser will.«

»Mhhh«, stimmte ich ihm zu. »Und das Wasser is' so dunkelgrün, in Grimberg isses schön blau.«

»Nicht das Wasser«, sagte Berni. »Das Becken is' so gestrichen.«

»Mein ich doch!«

Berni grinste. »Und der Sprungturm in Grimberg is' auch nicht zu verachten.«

Dazu sagte ich nichts, traute ich mich ja nicht einmal, vom Beckenrand ins Wasser zu springen.

»Gehste mit mir inne Sandwüste?«, versuchte ich das Thema zu wechseln.

»Klar.«

»Buddelste mich auch ein?«

»Ganz, bis zum Hals? Was krieg ich denn dafür?«

Ich krauste die Stirn.

Mit einem Glanzbild brauchte ich ihm wohl nicht

zu kommen. Dabei war es so toll, eingebuddelt zu werden.

»Eine Knifte?«, bot ich ihm an.

Berni zog neckend an meinem Zöpfchen. »Einmal abbeißen reicht.«

Ein Lastkahn näherte sich. Er war mit Bergen von Kohlen beladen, der Schornstein qualmte. Was für ein ekliger Geruch! Berni hielt sich die Nase zu.

»Wilhelmine«, las ich langsam den Namen ab.

An Bord lief ein Spitz aufgeregt hin und her und bellte zu uns herüber.

»Ich hätt' so gern einen Hund.«

»Ich denk, ein Pferd.«

»Ja, das am aller-aller-allerliebsten. Aber danach dann einen Hund.«

»Du weißt doch, wir dürfen in unserer Wohnung keinen halten.«

Ich seufzte.

Der Kahn mitsamt dem Spitz war vorbeigefahren, der Dieselgeruch verflüchtigte sich. Meine Gedanken wanderten wieder zum Freibad. »Is' sicher ganz leer jetzt. Und keine lange Schlange anner Kasse wie in den Ferien.«

»Kommste denn auch mit ins Schwimmerbecken?«

»Ins Tiefe?!«

Davor hatte ich immer noch Angst, auch wenn ich bald mein Freischwimmer-Abzeichen machen wollte.

»Nur, wenne mich nicht döppst«, wandte ich vorsichtshalber ein.

Nach einer Stunde auf dem schattigen Uferweg waren wir am Grimberger Hafen angekommen. Dort wurde ein Schiff von einem Kran mit Erz beladen.

»Wenn du kein Bergmann werden willst, möchteste vielleicht später so 'n Schiff fahren?«, fragte ich. Ich stellte es mir schön vor, durch die Gegend zu schippern. Nicht zuletzt wegen des Hundes, den einem sicher niemand verbieten würde auf so einem Kahn.

Aber auch von diesem Beruf hielt mein Bruder nicht viel. »Musste viel malochen und hast nie frei«, sagte er.

Dann verließen wir den Leinpfad, und nach wenigen Minuten an der Straße entlang erreichten wir unser Ziel. Vor dem Kassenhaus war wirklich keine Schlange zu sehen. Genauer gesagt, kein Mensch. So etwas hatten wir noch nie erlebt! Wir überquerten die Fahrbahn. Beim Näherkommen erkannten wir, dass die Rollläden an den Schaltern heruntergelassen waren. Ein Schild erklärte kurz und brutal: Wegen Renovierungsarbeiten heute kein Badebetrieb.

Ich schaute meinen Bruder an, der keine Miene verzog und durch die Gitterstäbe in das leere Freibad sah. Ich folgte seinem Blick: die von Bäumen umgebenen, riesigen Liegeflächen, die gelb und rot gestrichenen Bänke, oben die Promenade, wo sich der Kiosk, der Eisstand und die Umkleidekabinen befanden. Der Sprungturm mit der schwarz-weiß-grünen Fahne an der Spitze, darunter das Springerbecken in strahlendem Blau – allerdings ohne Wasser.

Die Enttäuschung spürte ich in meinem Bauch. Es

war ein bisschen wie damals, als ich zum Geburtstag statt des echten Ponys eines aus Plüsch bekommen hatte.

»Und nun den ganzen Weg zurück«, sagte mein Bruder und seufzte.

Wir waren beim Gehen ziemlich still. Die Sonne stand bereits hoch am Himmel, wir schwitzten.

Als wir in die Nähe der Brücke kamen, wurden meine Schritte langsamer.

»Was is' denn?«, fragte Berni und drehte sich zu mir um.

»Och, ich weiß nicht …«

»Kannste nicht mehr?«

»Die sind jetzt alle noch da …« Ich sah zu Boden.

Berni legte mir einen Arm um die Schulter. »Macht uns doch nix. Komm!«

Günther schwamm gerade von der Kanalmitte ans Ufer. Wahrscheinlich war er von der Brücke gesprungen, wo ein anderer Junge auf dem Geländer stand und zum Köpper ansetzte. Marlis lag bäuchlings auf der Decke und las in einem Micky-Maus-Heft.

Günther kam an Land. »Was macht ihr denn schon wieder hier?«

»Wir sparen uns das Eintrittsgeld«, antwortete Berni.

Ich schaute bewundernd zu ihm auf. Na, der traute sich was!

Er warf den Campingbeutel auf die Böschung und zog seine Shorts aus, unter der er die Badehose trug. »Außerdem isses hier viel leerer.«

»Und spannender«, bestätigte Günther. »Da kommt 'n Dampfer. Schnell, der macht bestimmt klasse Wellen!«

Während mein Bruder über die Steine ins Wasser stakste, setzte ich mich neben Marlis auf die Decke. »Haste noch mehr zu lesen mit?«

»Das neue *Fix und Foxi*. Kennste das schon?«

Ich schüttelte den Kopf.

»Hier«, sagte Marlis und zog das Heft aus der Tasche.

»Möchteste Brause trinken?« Ich holte die Flasche aus dem Campingbeutel hervor, reichte sie Marlis, und sie nahm einen Schluck.

Dann sahen wir den Jungen zu, die in den Wellen schaukelten.

»Is' wirklich schöner hier«, sagte ich.

Marlis hielt die angewinkelten Beine mit den Armen umfangen, stützte das Kinn auf die Knie.

»Übermorgen krieg ich fünfzig Pfennig von meiner Oma, dann kommste am Sonntag mit nach Grimberg, wenn ich mit Mutti geh, ja?«

Marlis hob den Kopf. »Ich denk, hier isses schöner.«

»Ja, isses ja auch. Aber am aller-aller-allerschönsten ist Grimberg mit dir zusammen.«

Reise in die Ostzone

Als ich elf war, kündigte sich die erste Reise meines Lebens an. In den Sommerferien wollte Mutti mit Uschi und mir zu Tante Hella ins Erzgebirge fahren. Bisher hatte sie das alle zwei Jahre abwechselnd mit meiner Schwester oder meinem Bruder gemacht. Papa weigerte sich beständig mitzukommen, und ich eiferte ihm nach. Die Vorstellung, wochenlang bei fremden Menschen leben zu müssen, bereitete mir größtes Unbehagen. Und dann so lange ohne Marlis ... Liebend gerne hätte ich auch dieses Mal auf die Reise verzichtet. Aber damit wäre ich nicht durchgekommen, denn die Verwandtschaft im Osten wollte unbedingt sehen, was aus mir geworden war. Zuletzt hatten Tante Hella und Onkel Otto uns besucht, als ich meinen dritten Geburtstag feierte. Ich hatte nur eine blasse Erinnerung daran, wusste aber sehr wohl noch, dass meine Cousine Ulrike dabei gewesen war. Sie konnte gerade mal laufen und schloss mich sofort in ihr Herz.

Ständig war ich vor den Umarmungen und Küsschen dieses *Babys* geflüchtet.

»Wird dir gefallen«, sagte Mutti. »Adelsberg ist ein Vorort von Karl-Marx-Stadt, richtig ländlich. Und die vielen Tiere: das Schaf Gustav, Kaninchen und nebenan beim Bauern Kühe …«

»Auch Pferde?«
»Bestimmt.«

Normalerweise hätte ich mich gefreut, aber zu eindeutig war Muttis Absicht, mir die Sache schmackhaft zu machen. Ich hakte nicht weiter nach. Es war sowieso nichts mehr daran zu rütteln. Mutti hatte die Fahrkarten bereits gekauft.

Der Tag der Abreise rückte heran, und je näher er bevorstand, desto nervöser schien meine Mutter zu werden. Immer öfter belauschte ich Gespräche zwischen ihr und meiner Schwester, die sich um den Grenzübergang drehten. Da war von Kontrollen, von langen Wartezeiten, von bewaffneten Posten die Rede. Klar, es ging schließlich in die Ostzone. Darüber hatte ich im Fernsehen das eine oder andere mitbekommen und natürlich durch Muttis Erzählungen. Manches hatte sich spannend angehört und mich neugierig gemacht auf dieses andere Deutschland.

Aber das änderte sich bald. Nämlich einen Tag vor der Abfahrt.

Ich suchte gerade meine Sachen heraus, die Mutti in

den großen Koffer packen sollte, als Uschi ins Schlafzimmer kam.

Mit einem Seitenblick auf die bereitgelegte Illustrierte sagte sie: »Die lass lieber hier.«

»Wieso?« Ich hatte die neue Ausgabe von *Der kleine Tierfreund* extra für die Zugfahrt aufgespart.

»Die nehmen sie dir an der Grenze sonst weg.«

»So 'n Quatsch!«

Mutti hielt beim Packen inne und sah mich an. »Uschi hat wahrscheinlich recht. Einfuhr von Westzeitungen und -zeitschriften is' verboten. Andererseits, is' ja nur 'ne Tier-Illustrierte ...«

»Die kommt mit«, beharrte ich.

»Mach, wie du willst«, sagte Uschi. »Ich hab dich jedenfalls gewarnt. – Übrigens, du hast doch nicht vor, deinen Ponky mitzuschleppen?«

Ich merkte, wie meine Wangen heiß wurden. Eigentlich war ich zu alt, um mit einem Teddybären zu spielen. Und ich spielte ja auch gar nicht mehr mit ihm. Er war nur seit jenem dritten Geburtstag mein liebstes Stofftier. Ulrike war es ein paar Mal gelungen, ihn mir abzuluchsen. Ich stand eine Riesenangst aus, wenn ich mit ansehen musste, wie sie ihn durchs Zimmer schmiss oder an einem seiner Puschelohren hinter sich her schleifte. Meinen Ponky, den ich von Anfang an liebte! Daran hatte sich im Laufe von immerhin acht Jahren nichts geändert.

Uschi deutete mein Schweigen richtig.

»Also doch«, sagte sie und seufzte. »Lass dir von

Mutti erzählen, was mit ihm anner Grenze passier'n kann.«

Puppen würden eventuell die Köpfe abgerissen, damit man sehen konnte, ob im Körper etwas versteckt war, erfuhr ich. Stofftiere liefen Gefahr, den Bauch aufgeschlitzt zu bekommen, aus demselben Grund.

Es erschreckte mich zutiefst, dennoch hegte ich meine Zweifel. »Warst du schon mal dabei, als sie das gemacht haben?«

»Nein«, gab Mutti zu. »Aber gehört hab ich davon.«

»Ach so.«

Erleichtert nahm ich Ponky und setzte ihn auf die Reisetasche. Es war also nur ein Gerücht. Auf so was gab ich nichts mehr, seit in unserer Klasse die Parole die Runde gemacht hatte, dass Marlis aufs Gymnasium wechseln würde. Ich wusste natürlich genau, dass nichts Wahres dran war, denn wenn überhaupt, wären wir beide nur zusammen auf eine andere Schule gegangen. Das hatten wir uns geschworen.

Am nächsten Abend war es so weit. Papa begleitete uns zum Bahnhof. Wir fuhren mit dem 81er. Der Bus hielt ganz in der Nähe, an der Hauptpost. Es war schon ein tolles Gefühl, auf die Fassade mit den bunten Glasfenstern zuzugehen, die Bahnhofshalle zu betreten; viele Menschen rundherum, die es fast alle eilig hatten. In meiner Magengrube kribbelte es ein wenig – nicht unangenehm.

Papa schaute auf dem großen Fahrplan nach, von

Warteraum im Bahnhof Gelsenkirchen

welchem Gleis unser Zug nach Leipzig abfuhr. Dann löste er eine Bahnsteigkarte, und wir gingen alle vier durch die Sperre und die lange Treppe hinauf.

»Und?«, fragte Mutti, als wir wartend beieinanderstanden. »Wie isset, Heinz?«

»Wie soll et sein? Wird schon werden.«

»Denkste auch dran, einmal die Woche die Blumen zu gießen?«

Papa knurrte eine Bestätigung.

»Und macht euch was Anständiges zu essen. Ich hab Berni 'nen Einkaufszettel geschrieben für Samstach. Du kannst doch so gut Bratkartoffeln. Machste Spiegeleier bei und bisschen grünen Salat – fertich!«

Papa nickte. »Ja, ja, wir werden schon nicht verhungern.«

Ehe Mutti weitere Anweisungen geben konnte, ertönte die Lautsprecherdurchsage: »Auf Gleis zwei fährt ein der Schnellzug nach Leipzig über Dortmund, Hannover, Wolfsburg, Oebisfelde, Magdeburg, Halle. Bitte Vorsicht bei der Einfahrt!«

Erst ärmelte Uschi Papa. Dann drückte Papa mich und zauberte aus seiner Jackentasche eine Tüte Brotklümpchen – meine Lieblingssorte. »Reiseproviant«, sagte er. Schließlich nahm er Mutti in die Arme und gab ihr einen Kuss auf den Mund.

Musste das denn in aller Öffentlichkeit sein? Schamhaft schaute ich weg. Doch wo ich auch hinsah: Man küsste und herzte sich überall. Erst der Pfeifton trieb die Abschiednehmenden auseinander.

Schwarz und fauchend zog die Dampflokomotive alle Aufmerksamkeit auf sich. Der Anblick war mir nicht fremd, schließlich wohnten wir in der Uechtingstraße, nahe am Bahnübergang, aber das hier war doch wieder etwas anderes. Wie sie in den Bahnhof einfuhr, riesige rote Räder, direkt vor mir, ohne eine Schranke dazwischen! Es zischte, es qualmte, die Kolbenstangen schoben sich in einem eigenartigen Rhythmus hin und her. Dann war sie an uns vorbei, kam zehn Meter weiter zum Stehen, und ein lächelndes, rußbeflecktes Gesicht schaute aus dem Seitenfenster des schwarzen Ungetüms heraus.

»Komm, Leni!« Mutti zog mich am Ärmel.

Ich löste mich von dem faszinierenden Anblick der Dampflok und eilte den anderen nach.

»Hier is' Nummer fünf!«, rief Papa.

Schon war Uschi die Tritte zum Wagen hinaufgestiegen und nahm Papa den hochgehievten Koffer ab. Ich kletterte hinterher. Noch ein Kuss und Mutti stand bei uns an der geöffneten Tür, mit feuchten Augen.

»Achtung, Türen schließen, Zug nach Leipzig fährt ab!« Ein Trillerpfiff. Es ruckelte und hörte sich an, als schöpfe die Lok Atem. Langsam setzte sich der Zug in Bewegung. Papa lief nebenher und winkte.

Bei jedem Halt standen Uschi und ich am geöffneten Fenster, schauten in die aufregende Bahnhofswelt und zogen die Köpfe erst ein, wenn unser schnaufendes Zugpferd sich wieder ins Zeug legte.

»Mach zu, rußt doch so«, sagte Mutti jedes Mal.

Dortmund, Gütersloh, Bielefeld – es wurde Nacht.

Mutti versuchte mehrmals, mit hochgelegten Beinen und an die aufgehängte Jacke gekuschelt zur Ruhe zu kommen, doch an Schlaf war anscheinend auch bei ihr nicht zu denken. Schließlich gab sie es auf und holte stattdessen die Provianttasche aus dem Gepäcknetz. Gegen Mitternacht ließen wir uns Frikadellen und Kartoffelsalat aus dem Einmachglas schmecken. Bisher hatten wir das Abteil für uns gehabt, aber nun wurde die Tür aufgeschoben.

»Guten Abend, ist hier noch frei?«

Mutti schluckte einen Bissen hinunter. »'n Abend! Ja, bitte, kommen Sie nur.«

Die hagere Frau setzte sich auf einen der freien Plätze am Gang. Ihren kleinen Pappkoffer stellte sie auf den Sitz daneben.

»Ich bin gerade in Hannover eingestiegen«, sagte sie.

»Ah, ja …« Mutti klappte den Deckel auf das leere Glas und packte eine übrig gebliebene Frikadelle ins Pergamentpapier.

»Sie fahren auch in die Ostzone?«, fragte die Fremde.

»Ja, zu meiner Schwester nach Chemnitz. Oder Karl-Marx-Stadt, wie es jetzt heißt.«

Das war für die Dame das Stichwort. Sie berichtete in aller Ausführlichkeit von ihren Reiseerlebnissen und Aufenthalten in der DDR. Ohne Luft zu holen, so kam es mir vor, und ohne Mutti eine Chance zur Antwort zu geben.

Ich schaute zu Uschi hinüber. Sie verdrehte kurz die Augen, atmete tief durch und lehnte ihr Ohr an die Kopfstütze.

Angenehm satt tat ich es ihr nach. Vielleicht schläferte der Redeschwall ja ein. Dann dachte ich daran, wie ich zu Hause ins Bett ging, und bückte mich schnell zu der neben Muttis Füßen stehenden Tasche, ehe sie diese wieder in die Gepäckablage beförderte.

Da war er, gleich neben der Thermosflasche! Ich setzte Ponky auf meinen Schoß, legte die Arme um ihn, rückte mich in meiner Fensterecke zurecht und schloss die Lider.

»Mein Walter, Gott hab ihn selig, war bei der Bundesbahn, wissen Sie, deshalb kann ich so günstig reisen. Kurz nach unserer Silbernen Hochzeit hat er mich verlassen, ohne Vorwarnung, das hab ich ihm bis heute nicht verziehen …«

Unwillkürlich machte ich mir ein Bild von Walter: ein ältliches Männlein mit Brille und einem spitz zulaufenden Bart.

Der Zug begleitete mit seinem eintönigen Rhythmus die Einschlafmelodie. Anheimelnd. Mir wurde ganz wohlig.

»Noch nie!?«, wurde ich da aus meiner Reiseträumerei gerissen. Ich machte ein Auge auf und sah zu der aschblonden Dame hinüber. Erstaunen spiegelte sich in ihrem Gesicht. Unter Zuhilfenahme des anderen Auges schaute ich zu Mutti hinüber.

Sie blinzelte nervös.

»Nein«, sagte sie. »Die machen doch immer nur Stichproben, oder …?«

»Jetzt nicht mehr! Sie kontrollieren jeden und alles. Bis auf die Unterwäsche.«

Ihren Horrorberichten über Leibesvisitationen, abgeführte Reisende und beschlagnahmte Gegenstände konnten wir nicht entkommen. Mit Schlaf war es erst einmal wieder Essig.

Ich drückte Ponky an mich. Ob ich ihn lieber in die Reisetasche packte oder in den Koffer, nach unten? Aber wenn sie ihn dort fanden, würden sie dann nicht erst recht annehmen, dass etwas in ihm versteckt sei? Nein, ich musste ihn dicht bei mir behalten, vielleicht würden sie es nicht wagen, ihn mir zu entreißen. Hätte ich doch auf Uschi gehört und ihn zu Hause gelassen!

Meine Schwester stupste mit ihrem Fuß an meine Schuhspitze. Ich sah sie an.

Sie beugte sich zu mir vor. »Wird alles nicht so heiß gegessen, wie's gekocht wird«, flüsterte sie. »Lass die Alte reden.«

Dennoch spürte ich mein Herz bis zum Hals klopfen, als der Zug im Bahnhof Oebisfelde hielt. Keiner von uns dreien sagte ein Wort und ich hätte auch ohne den Kommentar der Hageren »Jetzt wird's ernst« gewusst, dass wir uns jenseits der Grenze befanden. Kurz zuvor hatte während der Fahrt die westdeutsche Passkontrolle stattgefunden.

Es herrschte gespenstische Ruhe. Der Zug stand, wir saßen in unserem Abteil und es passierte nichts.

Niemand kam durch den Gang, niemand schob mit Karacho das Fenster auf, selbst unserer geschwätzigen Mitreisenden hatte es die Sprache verschlagen.

Ich klebte mit dem Gesicht an der Scheibe, um mehr als das sich im matten Licht spiegelnde Abteil zu sehen. Doch der Bahnhof lag da wie ausgestorben. Nur zwei Uniformierte mit Pistolenhalfter an der Seite schritten langsam auf und ab. Im Hintergrund leuchtete Neonlicht in einem Gebäudefenster. Dann zog auf dem Gleis gegenüber eine Lok vorbei. Rauchschwaden umwaberten die beiden Grenzposten und ließen sie zu geisterhaften Erscheinungen werden.

Mir fiel ein, dass Uschi von einem Lokwechsel in Oebisfelde geredet hatte. War das unsere neue? Und warum durfte eigentlich die alte nicht weiterfahren?

Es mochte eine Viertelstunde vergangen sein, als sich endlich etwas tat.

Geräusche vom Öffnen der Türen, Schritte. Ich schaute zu Mutti. Die saß starr und aufrecht, nahm meinen Blick nicht wahr. Die Abteiltür wurde aufgeschoben, mein Herzschlag war in den Schläfen angekommen.

»Guten Abend, Sie befinden sich in der Deutschen Demokratischen Republik, Personenkontrolle! Bitte Ihre Ausweise und Einreisegenehmigungen!« Der junge uniformierte Mann schnarrte den Satz ohne Punkt und Komma herunter und verzog keine Miene.

Mutti holte aus ihrer Handtasche, die sie griffbereit auf dem Schoß hielt, schnell die Papiere heraus und reichte sie dem Kontrolleur. Der blätterte in einem der Pässe, sah danach Mutti prüfend an.

Ob sie jetzt zu dieser Leibesvisitation musste? Nein, er nahm sich den nächsten Ausweis vor, sein Blick traf mich. Ich presste Ponky an mich und schaute zu Boden. Bitte nicht, bitte nicht, wiederholte ich lautlos und wusste nicht, meinte ich die Untersuchung bis auf die Unterwäsche oder Ponkys Enthauptung.

Da drang noch einmal die Schnarrstimme an mein Ohr: »Wünsche einen angenehmen Aufenthalt in der Deutschen Demokratischen Republik.«

Vierfaches Aufatmen, als sich die Abteiltür hinter ihm schloss.

Die Erleichterung ließ Raum für ein paar kleine Sätze. »So schlimm war der ja gar nicht!« »War das jetzt alles?« »Manchmal sind die sehr viel barscher.«

Mittlerweile waren einige der Kontrolleure ausgestiegen. Doch der Zug stand weiterhin. Minuten vergingen.

Meine Nase berührte wieder das Scheibenglas. Und dann sah ich, wie zwei vom hinteren Teil des Zuges kamen. Zwischen ihnen ging eine Frau, in der Hand einen abgewetzten Lederkoffer. Neben dem beleuchteten Gebäudefenster tat sich eine Tür auf, ein Mann trat heraus, und alle vier verschwanden in dem Bau.

»Hast du das gesehen?«, flüsterte ich.

Mutti nickte. Ihr Gesicht wirkte angespannt.

Wir warteten.

Nach einer Ewigkeit hörte ich wieder Schritte im

Gang. Mehrere Personen mussten es sein. Abteiltüren öffneten oder schlossen sich. Gemurmel. Manchmal wurde eine Stimme lauter.

»Gleich sind sie bei uns«, sagte Uschi.

Muttis Busen hob und senkte sich unter einem tiefen Atemzug.

Jetzt! Es piekste mir im Magen, als sich ein weiterer Uniformierter Einlass in unser Abteil verschaffte.

»Guten Abend – Gepäckkontrolle! Haben Sie etwas anzumelden?«

Mutti schüttelte nur den Kopf, während die Hagere ein entschiedenes »Nein« von sich gab.

Er deutete auf den Sitzplatz neben ihr. »Gehört der Koffer Ihnen?«

»Ja.«

»Bitte öffnen.«

Eigentlich fand ich das breite Gesicht des Grenzbeamten mit den Lachfältchen um die Augen und der knolligen Nase nicht unsympathisch. Doch wie er jetzt mit seinen dicken Fingern unbeholfen zwischen Nachthemden und Büstenhaltern herumfuhrwerkte, hätte ich am liebsten den Kofferdeckel mit Schwung auf seine Hände geklappt.

Er war fertig, richtete sich auf, ließ seinen Blick ins Gepäcknetz wandern.

Jetzt waren wir dran! Die eben noch überwiegende Wut wurde jämmerlich klein.

Immerhin holte er unsere Reisetasche selbst herunter. Während ich ihm das noch zugutehielt, fiel mir heiß

Der kleine Tierfreund ein. Nicht eine Seite hatte ich bisher darin gelesen. Warum nur musste ich ihn unbedingt mitnehmen!

Er zog die Illustrierte heraus. Ich starrte ihn an wie ein Kaninchen die Schlange, aber er schien es gar nicht zu bemerken. Ohne ein Wort schlug er das Heft auf, blätterte ein paar Seiten um.

»Da steht nur was über Tiere drin«, sagte Mutti mit rauer Stimme. »Gehört meiner Jüngsten.«

Keine Erwiderung. Es war, als hätte er meine Mutter nicht gehört. Er ließ sich auf den Platz neben mir nieder und für eine Sekunde fühlte ich seinen Blick auf mir. Dann richtete er ihn wieder in das Heft und ging Seite für Seite bis zum Ende durch.

In meinem Bauch schlug jemand Rad oder Kusselkopp oder machte sonst was Verrücktes. Ich wusste, dass jetzt etwas Entscheidendes passieren würde: Leibesvisitation oder Ponkys schreckliches Ende.

Er sah mich an.

»Und der?« Seine ausgestreckte Hand näherte sich.

Mit schweißnassen Fingern umklammerte ich Ponkys Fellbauch.

»Liest der Teddy auch mit?«, fragte er, und unter seiner dicken Nase verzog sich der Mund zu einem Grinsen, während er meinen geliebten Bären mit dem Zeigefinger kurz anstupste.

»Und dann hat er uns auch noch eine gute Fahrt gewünscht«, erzählte Mutti.

Zusammengequetscht saßen wir zu dritt auf der Rückbank von Onkel Ottos Auto.

»Ach-Gott-ach-Gott«, gab Tante Hella ein ums andere Mal von sich. Dass wir eine Westzeitschrift eingeführt hatten, fand sie geradezu tollkühn.

»Hättet auch an einen anderen geraten können«, meinte Onkel Otto. »Dann wär's nicht so gut ausgegangen.«

»Blut und Wasser hab ich geschwitzt«, sagte Mutti. Und nach einem Moment der Stille ergänzte sie: »Nie wieder versteck ich was im BH.«

Ich stieß mir die Nase am Vordersitz, so scharf wurde der Trabant gebremst – bis er stand. Vorne wandten sich zwei Köpfe nach uns um. Alle Augen sahen meine Mutter an.

»Nur hundert Mark für euch«, sagte sie entschuldigend.

Ferien in Adelsberg

Im Schulhaus roch es anders als in der Comenius-Schule. Sonst bemerkte ich kaum einen Unterschied, während wir die vielen Treppenstufen bis zur Wohnung im Dachgeschoss hinaufstiegen. Tante Hella arbeitete als Hausmeisterin und Onkel Otto brachte den Kindern Russisch bei. Mutti hatte mir erzählt, dass die Ferien in Karl-Marx-Stadt erst drei Tage nach unserer Ankunft anfingen. Was mir nicht unrecht war. Ständig hatte ich diesen kleinen Quälgeist vor Augen – Ulrike. Auf so ein nervendes Anhängsel konnte ich gut noch ein Weilchen verzichten.

Kaum hatte meine Tante die Wohnungstür aufgeschlossen, sah ich sie auch schon dort stehen. Das Mädchen im Korridor, fast so groß wie ich, sagte kein Wort, schaute uns mit großen Augen an.

»Mensch, Ulrike, dich hätte ich wirklich nicht mehr erkannt!« Uschi begrüßte sie mit einer Umarmung.

Auch Mutti drückte meine Cousine an ihre Brust.

Musste ich das jetzt genauso machen? Ich mochte so etwas nicht bei fremden Menschen. Und Ulrike war mir fremd, Verwandtschaft hin oder her.

»Nun gebt euch schon die Hand«, sagte Onkel Otto. Ich folgte seiner Aufforderung sofort – Handgeben war in Ordnung.

Fürs anschließende Frühstück hatte meine Tante die erste Packung des Bohnenkaffees geöffnet, den wir ihr mitgebracht hatten, und es duftete verführerisch. Ulrike und ich bestrichen unsere Brötchen mit Butter, sprachen nur, wenn wir gefragt wurden, und beobachteten uns heimlich gegenseitig. Doch als Mutti verlauten ließ, dass ich Kaffee trinken dürfe, begehrte meine Cousine auf.

»Dann will ich auch!«

»Aber Rike, du magst doch Milch so gern.« Tante Hella schob ihr die Flasche über den Tisch.

»Jetzt möchte ich aber Kaffee!«

»Leni ist zwei Jahre älter als du.«

Ulrikes Mundwinkel zogen sich nach unten. Ihre Augen glänzten wässerig.

Tante Hella sah Mutti an. »Sie durfte an ihrem zehnten Geburtstag voriges Jahr zum ersten Mal«, sagte die und zuckte mit den Schultern. »Seitdem hat sich das eingebürgert. Was will man machen?«

Einen Moment herrschte Stille. Meine Tante zauderte anscheinend noch. Onkel Otto kaute ungerührt seine Semmel – so hießen Brötchen hier – und Uschi griente vor sich hin.

Ich gab mir einen innerlichen Rippenstoß. »Passt doch prima«, sagte ich. »Wir haben heut Sonntag und neuneinhalb isse ja schon ... fast.«

Alle außer Ulrike und mir lachten. Dabei hatte das gar kein Witz sein sollen. Und dann goss Tante Hella ihrer Tochter tatsächlich die Goldrandtasse halb voll.

Ob Ulrike der Kaffee wirklich geschmeckt hat? Sie behauptete es, doch brauchte sie ewig dazu, ihre Tasse leerzutrinken.

Als wir mit dem Frühstück fertig waren und halfen, den Tisch abzuräumen, sprach mich Ulrike von der Seite an: »Soll ich dir mein Zimmer zeigen?«

Vom Treppenhaus führte eine steile Holzstiege zum Spitzboden; hier hatte man Ulrike unter der Dachluke mit Sperrholz ihr kleines Reich abgeteilt. Ich sah mich um: ein Schreibtisch, ein altes grünes Sofa, auf dem eine Menge Plüschtiere saßen, an den Wänden Bilder in zarten Farben von Landschaften oder Tieren. Schrank, Bett, eine Luftmatratze auf dem Boden. Auf dem Bett lag schon ein Großteil meiner Kleidung und auf dieser wiederum thronte Ponky.

Ulrike entdeckte ihn sofort. »Ist der goldig!«

Mir blieb fast das Herz stehen.

Sie ging zum Bett, nahm Ponky genau unter die Lupe, rührte ihn aber nicht an.

»Der ist viel zu warm angezogen«, stellte sie fest. »Warte mal ...«

Halb gespannt, halb bangend sah ich Ulrike zum

Schrank laufen, die unterste Schublade aufziehen und darin herumwühlen.

»Hier!« Triumphierend hielt sie ein kleines Stoffteil hoch. »Passt ihm bestimmt. Ist von meiner Babypuppe.«

Ein Spielhöschen, blau mit weißen Punkten. Gemeinsam setzten wir uns auf die Luftmatratze und ich zog Ponky um. Lustig schaute er aus in der kurzbeinigen Hose und mit dem Latz vor der Brust. Ein wenig seltsam auch, denn im Lauf seines Lebens hatte er einiges an Haar lassen müssen, da ich als Kleinkind versucht hatte, ihm mit einem nassen Kamm zu einer schöneren Frisur zu verhelfen.

»Schenk ich dir«, sagte Ulrike.

»Danke.«

Ich wusste gar nicht, wohin mit meiner Gerührtheit, und schlug Ulrike vor, mir die Schule zu zeigen. Wir stiegen die Holztreppe wieder hinunter und danach die vielen steinernen Stufen bis zum Erdgeschoss. Auf der Wandzeitung im Eingangsportal sprangen mir Fotos ins Auge von Kindern, die Halstücher trugen und in Gruppen alle möglichen Arbeiten taten oder in Reih und Glied standen und sangen. »Jungpioniere bei der Erntehilfe« oder »Unsere Jungpioniere beim Sangeswettstreit« las ich. Zeit zum Nachfragen, was es damit auf sich hatte, blieb mir nicht, denn schon zog Ulrike mich weiter. Sie öffnete die Tür zu einem Zimmer und ließ mich einen Blick hineinwerfen. Ich sah einen lang gestreckten Raum mit dunklen Einbauschränken und in U-Form gestellten Tischen. An der schmaleren

Wand hing das Kopfbild eines Mannes, den ich aus dem Fernsehen kannte. Daneben die Deutschlandfahne, allerdings mit einem kreisförmigen Motiv in der Mitte. Keine Ahnung, was es darstellen sollte.

»Hier bereden sie sich und machen Pause zusammen«, erklärte Ulrike.

Ich ließ die Fahne Fahne sein. »Die Lehrer.«

Sie nickte. »Nur Papa nicht, der kommt zum Essen hoch.«

Das leuchtete mir ein. »Hast du auch bei ihm Unterricht?«

»Einmal die Woche. Lass uns in den Hof gehen, komm!«

Ob Ulrike richtig Russisch sprechen konnte? Später würde ich sie danach fragen. Vielleicht brachte sie mir ein paar Worte bei?

Der Schulhof wurde vom Gebäudeteil, in dem sich das Treppenhaus befand, in zwei Hälften geteilt; durch einen kurzen Weg waren sie miteinander verbunden.

»Hier machen wir es uns schön, wenn Ferien sind«, sagte Ulrike. »Mit Liegestühlen und Klapptischchen und der Badewanne …« Sie brach ab, überlegte kurz. »Federball können wir auch rausholen. Oder noch besser Rollschuhe! Kannst du?«

»Sicher.«

Sie strahlte mich an, wandte sich dann der Natursteinmauer zu, in der eine Treppe hinaufführte. Droben schloss sich eine Obstbaumwiese an. »Da oben wird Freiluftsport gemacht, bei gutem Wetter.«

Und bei schlechtem? Hatten sie keine Turnhalle? Auch diese Frage stellte ich nicht. Schließlich blieb ich noch ein paar Tage länger bei meinen Verwandten.

Zum Schluss betraten wir die andere Hälfte des Schulhofs. In seiner Mitte befand sich eine lange Stange.

»Bei uns steht der Fahnenmast vor der Schule«, sagte ich. »Da wird er besser gesehen.« Kaum hatte ich meine Weisheit von mir gegeben, fand ich mich ziemlich klugscheißerisch.

»Aber zum Fahnenappell muss er da stehen«, erwiderte Ulrike.

»Hä?«

Einen Moment schaute sie mich irritiert an, dann leuchtete es in ihren Augen auf. »Das kennt ihr im Westen ja nicht. Ihr habt keine Pioniere.« Sie lächelte. »Macht aber nix. Übermorgen früh, am letzten Schultag, kannst du morgens zugucken. Aber nun lass uns weitergehen zu Gustav und den Kaninchen.«

Ausgerechnet in den Ferien um Viertel vor acht aufzustehen, fiel mir schwer, doch die Neugier trieb mich letztendlich aus den Federn. Und so stand ich gähnend am Flurfenster im Treppenhaus und sah auf den Schulhof: Mädel und Jungen in weißen Hemden und blauen Halstüchern, Ulrike die Dritte von links in der vordersten Reihe. Ein Junge spielte ein kurzes Stück auf der Trompete und danach sangen alle gemeinsam ein Lied, das ich nicht kannte, aber so eingängig fand, dass ich sogar ein wenig mitsummte. Dann hielt der

Rektor eine Rede. Ich schaltete nach den ersten Sätzen ab, lehnte mich mit der Schläfe gegen den Fensterrahmen und schloss noch ein wenig die Augen.

»Seid bereit!«

Ich schreckte auf.

»Immer bereit!«, antworteten die Jungpioniere dem Rektor im Chor.

Wozu?, fragte ich mich. Seltsame Bräuche hatten die hier.

Zum Schluss wurde eine Art Eid oder Versprechen gemurmelt und schließlich die Fahne gehisst.

Ich schob das Fenster zu und stieg Treppe und Stiege zur Dachstube hinauf. Irgendwie war's ja auch schön, dachte ich, aber auf diese Uniform – wenn auch in Blauweiß – konnte ich gut verzichten.

Ulrike kam kurz nach mir fröhlich hereingestürmt, zog ihre Pionierklamotten aus und warf sie aufs Bett.

»Geschafft!«, jubelte sie. »Jetzt sind richtig Ferien!«

Schon nach zwei Tagen verstand ich nicht mehr, wieso mir vor den Ferien in Adelsberg so gegraust hatte. Jeden Morgen freute ich mich beim Aufstehen und war gespannt, was wir unternehmen würden. Beim Frühstück wurde mit den Großen geplant: Wanderungen durch ausgedehnte Wälder oder Besuche im Freibad am See, dessen Wasser ähnlich grün schimmerte wie das im Kanal. Wenn wir uns im Bad ein Eis holen gingen, mussten wir lange Schlange stehen. Ich nahm nur Vanille, die einzige Sorte, die mir hier schmeckte. Mit der

Limonade klappte es gar nicht; wegen ihres widerlich künstlichen Geschmacks wurde ich in diesen Ferien zum Wassertrinker.

Aber ich genoss auch die Tage, an denen Ulrike und ich uns selbst überlassen waren. Dann spielten wir im Hof oder bollerten mit der kleinen Handkarre über die mit Kopfsteinen gepflasterte Dorfstraße zum HO-Laden nebenan. Tante Hella hatte uns den Auftrag erteilt, einmal täglich dort hineinzuschauen, ob es irgendwelche besonderen Waren gab. Mir war nicht richtig klar gewesen, was sie damit meinte, aber als ich das erste Mal den Laden betrat, dämmerte es mir. Es roch nach einem mir unbekannten Putzmittel. Oder waren es verschiedene Gerüche, die sich mischten? Von Waren, deren Marken ich nicht kannte? In den einfachen Holzregalen standen sie: Kekse namens Wikana, Amona-Pudding, die Speisewürze Bino … Nie zuvor gehört.

Ulrike meinte: »Haben wir alles noch.«

Also verließen wir den Laden, ohne etwas zu kaufen, Ulrike kletterte in das Wägelchen und wir traten polternd den Rückweg an.

Aber einmal landeten wir den großen Wurf. Es hatte Bananen gegeben, und das musste sich in Adelsberg schnell herumgesprochen haben, denn es waren nur noch fünf Stück da. Ulrike bezahlte mit Münzen, die mich ein wenig an Spielgeld aus dem Kaufladen erinnerten, weil sie so leicht waren, und wir legten die Bananen feierlich in die Mitte der Karre. Dann umfassten wir beide den Griff an der Deichsel und beförderten das

Erstandene nach Hause. Immer wieder machte ich meine Späße über diesen großartigen Riesen-Einkauf, wir dachten uns Namen dafür aus wie »HO-Super-Sonder-Spitzen-Bananen« und kicherten, bis uns die Bäuche wehtaten.

Tante Hella sah uns schräg an, als wir mit unserer Beute ankamen. »Wenn ihr eher aufgestanden wärt, hätten wir mehr davon bekommen«, brummte sie.

Und als die Ferien schon fast zu Ende waren, begegnete mir Herkules. Es war wie ein Paukenschlag in einer Symphonie, die schon lange in mir geklungen hatte, ein Vorhang wurde mit einem Mal beiseite gerissen.

»Kommt ihr zwei mit, noch 'n Kringel drehen?«, fragte Uschi. Wir hatten gerade Tante Hellas selbst gebackenen Mohnstollen genossen, und ich fühlte mich satt und schläfrig. Mir war so gar nicht nach einem Kringel. Den Ausdruck hatten wir von meiner Tante übernommen, die Bezeichnung für einen kleinen Spaziergang, der ein Rundweg sein musste. Ich antwortete nicht, aber Ulrike sprang auf.

»Wir gehen mit, gell, Leni?«

Ich war versucht, die beiden allein ziehen zu lassen und mich ins Dachstübchen zu verkrümeln. In diesen Tagen war man, so schön sie auch waren, nie mal für sich. Auf der Luftmatratze liegen, durch die Luke in den Himmel zu den Wolken schauen, Ponky an sich drücken ...

Aber da sagte Tante Hella, die vor der Spüle stand und heißes Wasser aus dem Kessel ins Becken schüttete: »Vielleicht schaut ihr mal bei der Genossenschaft vorbei, die haben Pferde.«

Die Müdigkeit fiel von einer Sekunde zur anderen von mir ab. Allein sein konnte ich schließlich zu Hause immer noch.

So waren wir drei kurz darauf unterwegs, auf dem Feldweg, der hinter der Schule leicht bergan führte. Es war warm, beinahe schwül, als läge ein Gewitter in der Luft. Das hielt Ulrike nicht davon ab, uns ihre Lieblingslieder vorzusingen. Sie sang für ihr Leben gern, am liebsten Schlager. Ich kannte sie alle nicht. Gerade war der von dem jungen Mann dran.

*»Wenn du mal vorbeikommst,
junger Mann mit roten Rosen ...«*

Dazwischen baute meine Cousine professionell die unvermeidlichen »oh-ohs« und »ah-ahs« ein, die zu einem Schlager einfach gehörten, ob in Ost oder West.

Uschi lobte Ulrike, als sie fertig war. »Toll, du wirst bestimmt später mal ein Star.«

»Ja, und auf der Bühne stehen möchte ich und schöne Sachen anhaben und ins Fernsehen kommen ...«

Wie man sich so etwas wünschen konnte ... Für mich eine grässliche Vorstellung.

»Ist es noch weit?« Ich pustete mir eine Ponyfranse aus der Stirn.

»Nö, da hinten beim Baum macht der Weg eine Kurve und dann sieht man's schon.«

»Sing doch noch was, bis wir da sind. Den Sandmann, ja?«

Es war zwar nicht die richtige Tageszeit dafür, aber der Sandmann hatte es mir angetan. So ein schönes Lied hatte unser Sandmännchen im Westen nicht, und Ulrikes klare Stimme passte wunderbar dazu.

Die erste Strophe war noch nicht zu Ende, als wir die Kastanie erreichten. Ein riesiges Feld lag zwischen dem Gehöft und uns, und auf diesem standen zwei Leiterwagen, jeweils mit einem Pferd davor. Erntezeit.

»Och, die Pferde sind draußen«, sagte Ulrike. »Schade.«

Ich blieb stehen und sah zu den beiden Braunen hinüber. Ein gutes Stück größer als Fanni waren die. Um die Wagen herum ging es eifrig zur Sache. Männer mit freien Oberkörpern und in kurzen Hosen hoben mit Heugabeln die Korngarben hinauf. Auf den Wagen nahmen Frauen und Jugendliche die Getreidebündel entgegen und stauchten sie zusammen. Das musste ziemlich anstrengend sein, die Rücken der Männer glänzten vom Schweiß und die Frauen hatten gerötete Gesichter.

Mein Blick wanderte zurück zu den Pferden. Kräftig schauten die aus und lange schwarze Mähnen hatten sie.

»Ob Leni die streicheln darf? Was meinst du, Rike?«

Ulrike zog die Schultern hoch. »Vielleicht. Fragt doch mal. Ich bleib so lange hier.«

Meine Schwester sah mich auffordernd an.

»Weiß nicht …« So sehr mich die beiden Braunen anzogen, aber hingehen und wildfremde Menschen ansprechen …?

Uschi nahm mich bei der Hand. »Komm, fragen kost' nix.«

Entschlossen stapfte sie über das Stoppelfeld, und ich mehr oder weniger widerstrebend mit.

Dann stand ich drei Schritte vor Herkules. Lotte sei ein wenig frech, so die Antwort des Mannes, an den Uschi sich gewandt hatte. »Lieber nur Herkules.« Zögernd hatte ich mich ihm genähert. Er war noch gewaltiger als aus der Ferne.

»Der schaut dich doch ganz lieb an«, sagte Uschi.

Ja, sie hatte recht, er blickte gutmütig und interessiert. Ich trat einen Schritt näher. Er senkte den Kopf. Noch einen Schritt, er streckte den Hals, und einen halben: seine Nase dicht vor mir. An seinem rechten Auge klebten zwei Fliegen. Wie furchtbar! Ich hob den Arm, verscheuchte sie mit Todesverachtung, bevor ich über Herkules' Hals strich. Auch er schwitzte.

Warum hatte ich nicht daran gedacht, Würfelzucker mitzunehmen? Nun konnte ich dem schwer arbeitenden Herkules gar nichts Gutes tun. Doch er schien sowieso Feierabend zu haben. Die Wagen waren hoch bepackt, das Feld leer und stoppelig.

Ich drehte mich zu Uschi um und sah sie mit dem Mann am zweiten Gespann reden. Als hätten sie meinen Blick gespürt, hörten sie auf und kamen zu mir herüber.

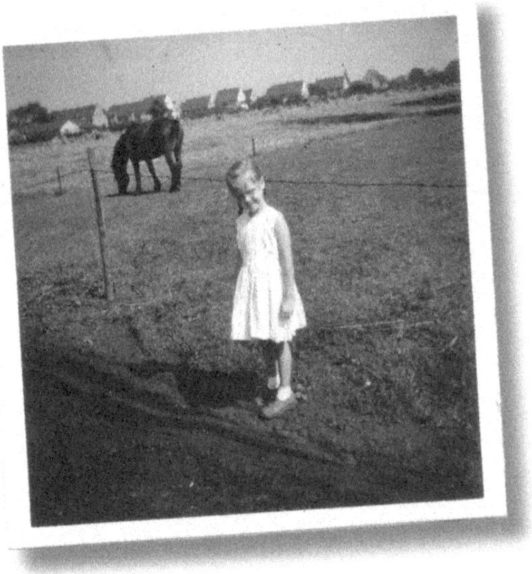

»Kleines Fräulein, wenn du keine Angst hast, darfst du zum Hof reiten. Willst du?«

Keinen Ton brachte ich heraus, doch mein Nicken reichte ihm. Von starken Armen emporgehoben, saß ich zwei Sekunden später auf Herkules' warmen, ungemein breiten Rücken. Mir wurde schwindelig vor Aufregung und Glück. Was für ein Gefühl, einem der herrlichsten Tiere der Welt ganz nah zu sein, verbunden mit ihm, jede Bewegung zu spüren!

»Alles in Ordnung, Leni?«

Ich riss mich zusammen. »Klar«, antwortete ich meiner Schwester schnell. Nicht, dass man noch auf die Idee kam, mich wieder auf den Boden zu befördern, nur weil ich vielleicht etwas blass geworden war.

Aber nein, schon setzte sich Herkules, geführt von meinem Wohltäter, in Bewegung. Es schaukelte, ich wusste nicht, wohin mit meinen Händen, aber das tat meinem euphorischen Zustand keinen Abbruch. Zu Pferde war die Welt eine andere. Eine neue Dimension.

Ich weiß nicht, wie lange es dauerte, ein paar Minuten höchstens, und wo wir anhielten und ich von Herkules' Rücken gehoben wurde. Nur, dass er auf einmal abgeschirrt war und ich hinter ihm herlief, als man ihn in den Stall führte.

Uschi war es, die schließlich irgendwoher zwei Zuckerstückchen organisiert hatte, so dass ich mich gebührend von Herkules verabschieden konnte.

Während wir den Kringel beendeten, sprach ich kaum ein Wort. Ich schwebte immer noch im siebten

Pferdehimmel. Und auf einmal erinnerte ich mich an einen Abend im Dezember. Drei Jahre musste er her sein, Papas Unfall mit dem Schlitten. Was hatte der Nikolaus damals zu mir gesagt?

Mein größter Wunsch würde eines Tages erfüllt werden und er wüsste auch schon, von wem …? Wie oft hatte ich darüber nachgedacht, wen er damit gemeint haben könnte.

Mit dem Donnergrollen traf mich die Erkenntnis: Ich war es! Ich selbst und niemand anderes. Hatte ich nicht schon an meinem sechsten Geburtstag gemerkt, dass man sich nicht einmal auf die Menschen, die einem die liebsten waren, verlassen konnte in Sachen Herzenswünsche? Dass ich nicht eher darauf gekommen war! Wenn ich von nun an jeden Pfennig sparte, jedes Taschengeld, jedes Geschenk mir auszahlen ließe, dann musste ich eines Tages genug zusammen haben. Vielleicht nicht gleich für ein Pferd, aber so viel, dass ich Unterricht nehmen konnte. Ja, ich würde eine richtige Reiterin werden!

»Leni, komm schnell, das Gewitter!«

Eine Windböe fegte über die Hügelkuppe. Von ihr und meinen Träumen beflügelt lief ich den anderen beiden nach.

Der Hundevertrag

Auch wenn zwischen meiner großen Schwester und mir fünf Jahre Altersunterschied lagen, erzählten wir einander fast alles. So kam es, dass ich es als Erste erfuhr.

»Und du gehst so richtig mit ihm?«, fragte ich ungläubig.

Uschi nickte.

»Warte mal, ich zeig dir 'n Foto.«

Sie holte ihre Handtasche, setzte sich wieder zu mir aufs Bett und mit stolzem Gesichtsausdruck reichte sie mir ein Passbild.

Das war er also. Ihr fester Freund. Ich starrte das Foto an und schluckte. Jetzt ging mir auf, warum Uschi manchmal so spät von der Arbeit kam. Dass sie am Wochenende zum Tanzen ging, daran hatte ich mich schon gewöhnt.

Mir war klar, ich musste etwas sagen. »Er sieht ...«, begann ich. Warum, zum Teufel, fiel es mir so schwer? Noch einmal schluckte ich, um dieses schlechte Gefühl im Hals loszuwerden. »Ich find, er sieht nett aus.« Geschafft, der Satz war raus!

Uschi lächelte und steckte das Foto wieder ein.

»Wie alt isser denn?«, rang ich mir eine Frage ab.

»Neunzehn, zwei Jahre älter als ich. Du wirst ihn bald kennenlernen.«

Es dauerte nicht lange, bis Achim meine Schwester das erste Mal abholte. Er trug eine Brille, war blond und sah aus wie auf dem Foto: nett. Aber als er mir die Hand gab, schaute ich ihn nicht an.

Drei Wochen später tauchte er zum zweiten Mal auf, von Mutti eingeladen zum sonntäglichen Kaffeetrinken. Diesmal täuschte ich völlig versunkenes Lesen vor, und meine Hand ließ nur ungern den Buchdeckel los, um sich ihm entgegenzustrecken.

»Was lieste denn da?«

»'n Pferdebuch.« Ich nahm die Nase nicht aus den Seiten.

»Spannend?«

»Mhh.«

Aus dem Augenwinkel bekam ich mit, dass er sich aufs Sofa setzte. Papa, Berni und Mutti waren schon in der Küche am gedeckten Tisch, Uschi wahrscheinlich wieder vorm Spiegel im Badezimmer, um zum neunundneunzigsten Mal zu schauen, ob mit ihrem Lidstrich und der Wimperntusche alles in Ordnung war. Damit hatte sie es seit einiger Zeit. So einen Zirkus würde ich niemals veranstalten!

»Ich hab gehört, du willst reiten lernen?«

Oh Mann, Uschi! Musst du ihm alles erzählen?

Meine Einsilbigkeit gipfelte in Schweigen.

»Kommt doch rüber, Kaffee is' fertich!« Muttis Stimme aus der Küche rettete die Situation.

Als Uschi nach Hause kam, lag ich schon im Bett, war aber noch wach. Bisher hatte ich mich immer gefreut, wenn meine Schwester abends in unser Zimmer kam. Wir kuschelten uns dann beide in die Federn, manchmal schlüpfte ich sogar noch zu ihr unter die Decke. Dabei ließ sich manches besprechen, wozu uns tagsüber die Zeit fehlte, seit Uschi in die Lehre ging. Das Geburtstagsgeschenk für Mutti oder der Krach mit Papa. Oder was es hieß, wenn Frauen ihre Regel bekamen, und ob ich eines Tages wirklich einen BH tragen müsste.

Heute allerdings hätte ich mich am liebsten schlafend gestellt; nur die Befürchtung, meine Augenlider könnten im eingeschalteten Licht verräterisch zittern, hielten mich davon ab.

Uschi setzte sich auf mein Bett.

Ich gähnte. »Schon spät?«, fragte ich und hoffte, sie wäre arg müde.

»Na ja, halb zehn.« Sie lächelte. »Du …?«

Aha, nun kam bestimmt so was wie: Ich glaub, du kannst Achim nicht leiden.

»Mh?«

»Woll'n wir wieder zur Kirmes?«

Ich nickte begeistert. Es war fast so etwas wie eine

Familientradition, dass Uschi und ich im Herbst zur Kirmes auf den Wildenbruchplatz gingen. Nur wir beide, einen ganzen Abend zwischen Karussells, Zuckerwatteständen, Losbuden!

»Freitach?«

»Ja, Freitach is' super.«

»Ich freu mich drauf. Dann gut' Nacht, schlaf schön!«

Erleichtert sah ich zu, wie sie sich auszog und vor dem Spiegel ihr rabenschwarzes Augen-Make-up mit Niveacreme entfernte.

Am nächsten Freitag war es trotz Goldener-Oktober-Sonne lausig kalt. Ich setzte durch, dass ich zur Kirmes meine gute weinrote Elastik-Steghose und den neuen Norwegerpullover anziehen durfte. Uschi kam pünktlich um halb sechs nach Hause und wir zogen sofort los zur Straßenbahn. Auf den 81er hätten wir eine halbe Stunde warten müssen, da nahmen wir das längere Stück Fußweg bis zur König-Wilhelm-Straße in Kauf.

»Und dein Achim ist nicht sauer?«, fragte ich, als wir nebeneinander in der Zwei saßen.

»Nö«, sagte Uschi nur und sah aus dem Fenster.

Dabei gab es gar nicht viel zu sehen. Von der *Berliner Brücke* aus sowieso nur Werksgelände, außerdem dämmerte es bereits.

»Wirklich nicht?«

Sie wandte sich mir zu. »Weißte schon, womit du fahr'n willst? Soll diesmal sogar 'ne Achterbahn da sein.«

»Achterbahn sicher nicht. Aber Raupe möchte ich

und Autoskooter. Papa hat mir drei Mark gegeben und Mutti zwei.«

»Die ausnahmsweise mal nicht in die Spardose wandern.« Uschi lächelte.

Als wir am Hauptbahnhof ausstiegen, war es schon dunkel. Mit vielen anderen Menschen nahmen wir Kurs auf den Wildenbruchplatz. Bald schallte es zu uns herüber: das Durcheinander von dröhnender Musik, Hupen, Klingeln, Lautsprecherdurchsagen und nicht auseinanderzuhaltenden anderen Geräuschen. Der typische Kirmes-Mix eben. Ich erspähte die bunten Lichter des Riesenrads. Eine Fahrt damit lohnte sich immer. Ich liebte es, von hoch oben auf den Kirmesplatz hinunterzuschauen. Und das Magenkitzeln beim Runterfahren! Etwas bang erwartet und doch jedes Mal genossen. Aber blieb dann noch genügend übrig von der großzügigen Spende meiner Eltern? Schließlich lockten auch die Losbuden und der Stand mit der Zuckerwatte.

Zuerst ging es wie stets durch eine Gasse aus Wagen mit diversen Köstlichkeiten. Der Geruch von Fischbrötchen und Bratwurst schlug uns entgegen. Über Pommes frites und Reibekuchen bis zu Kräuterbonbons, Lebkuchenherzen, gebrannten Mandeln und Softeis war alles vorhanden, was Herz und Magen begehrten.

Mir fiel ein, dass meine Schwester nicht zu Abend gegessen hatte. Gerade wollte ich sie auf den *Fisch-Hannes* aufmerksam machen, wo es ihre geliebten

Matjesbrötchen gab, als ich jemanden an genau dieser Bude stehen sah, der mir sehr bekannt vorkam.

Achim.

Das konnte kein Zufall sein. Spätestens als Uschi auf ihn zusteuerte, wurde mir das klar.

Ich taperte hinterher.

Die vielfältigen Düfte, die vor einer Minute noch so verlockend gewesen waren, machten mir keinen Appetit mehr. Die schräge Kirmesmusik hatte ihren Reiz verloren und die bunten Farben am Riesenrad schienen tanzende Irrlichter zu sein.

Ob ich einfach nach Hause fahren sollte?

»Tach, du!«, sagte Achim, nachdem er Uschi aus seinen Armen entlassen hatte. »Gut, dass ihr da seid, ich hol mir hier schon Frostbeulen.«

Hättest ja zu Hause bleiben können, dachte ich.

»Hat deine Schwester wieder so lange vorm Spiegel gebraucht?« Er fasste Uschi unter ihr schulterlanges Haar in den Nacken und zog sie an sich. »Kein Haarspray heute?«

»War zum Glück keine Zeit für«, ließ ich mich zu einem Satz herab. »Stinkt fürchterlich, das Zeug.«

»Sag ich auch immer. Aber sie nebelt sich sogar damit ein, wenn sie nicht dieses Krähennest auf dem Kopf hat.«

Auch er mochte die toupierte Turmfrisur, die meine Schwester nach neuster Mode gern trug, anscheinend nicht.

Langsam schlenderten wir durch die Gasse der Buden. Die Matjesbrötchen waren wohl heute nicht gefragt.

Kein Wunder, wenn man noch küssen wollte ...

An einem Schießstand blieb Achim stehen und holte seine Geldbörse aus der Hosentasche. Uschi und ich sahen gespannt zu, wie er für neun Schuss löste. Er legte an, zielte, schoss – und traf. Zumindest sechs Mal. Dafür durfte er sich unter allerhand Kleinkram etwas aussuchen. Seine Wahl fiel auf eine lachsfarbene Samtrose. Diese reichte er, mit einer angedeuteten Verbeugung – mir!

Völlig perplex nahm ich sie entgegen, fühlte, wie ich bis unter die Haarwurzeln errötete.

»Volltreffer«, kommentierte Uschi. »Ihre Lieblingsfarbe.«

Während wir in der Menschenmenge über den Platz bummelten, nahm Achim das Thema Haarspray und Schminken noch einmal auf, und ich merkte, wie etwas Seltsames passierte. Nicht nur, dass ich mit ihm sprach, nein, ich wurde zu seiner Verbündeten! Er hasste zu dick aufgetragenes Make-up und starr klebendes Haar wie ich. Gemeinsam stichelten wir gegen Uschi, die gespielt auf die Palme ging.

Und spätestens als Achim uns zum Riesenradfahren einlud und wir drei in der Gondel den Ausblick von ganz oben genossen und das Bauchkribbeln beim Abwärtsfahren, war ich versöhnt. Allzu deutlich zeigen musste ich ihm das aber nicht.

»Jetzt zur Raupe?«

»Eh ich mich schlagen lass«, brummelte ich.

»Begeisterung klingt anders.«

Er sah mich mit betrübtem Gesichtsausdruck von der Seite an. Oder gehörte das nun auch zu unserem Spiel?

Ich versteckte mein Grinsen in der Rosenblüte.

Black is Black schmetterten uns die Lautsprecher an der Raupe um die Ohren. Die Post ging ab! Die Großen fuhren im Stehen, aber das traute ich mich nicht, und so blieben wir alle drei sitzen, bis sich über die rasante Berg- und Talfahrt während der letzten Runden das grüne Verdeck senkte. Und ich wusste genau: Jetzt küssen sie sich.

»Was ist mit Achterbahn?«, fragte Uschi, als wir wieder festen Boden unter den Füßen hatten.

»Da kriegt mich keiner rein«, wehrte ich ab. Ich hatte mir die Mordskonstruktion von unten angesehen. Wie sie quietschten und schrien in den Wagen, wenn's steil bergab ging! Nein, danke.

»Och«, machte Achim. »Komm schon, ich pass auch auf dich auf.«

Energisch schüttelte ich den Kopf. »Nee, um nichts auf der Welt.«

»Um reineweg gar nix?«, hakte er nach.

»So isses.«

»Vielleicht wenn du ihr 'n Pferd dafür bietest«, schaltete sich Uschi ein.

Mir entwischte ein Seufzer, den wegen des Lärms wohl niemand hörte.

»Das ist dein größter Wunsch, mh?« Achim hatte beim Sprechen eine weiße Atemfahne vor dem Mund.

»Ja.« Ich suchte nach einem Taschentuch, um mir die Nase zu putzen.

»Und der zweitgrößte?«

»Ein Hund«, kam postwendend meine Antwort.

»Den wir aber nicht in unserer Wohnung halten dürfen«, ergänzte Uschi.

Wir ließen uns einige Meter treiben, seltsamerweise auf die Achterbahn zu.

In der Nähe des Kassenhäuschens stoppte Achim. »Sei kein Frosch.« Er sah mich auffordernd an.

»Hinterher wär ich einer. Wenn ich grün im Gesicht aussteigen würde.«

»Was hältst du denn von einem Abkommen? Eine Achterbahnfahrt mit uns, und wir versprechen, uns einen Hund anzuschaffen, sobald wir eine eigene Wohnung haben. Mit dem du dann jeden Tag spazieren gehst und dich auch sonst um ihn kümmerst.«

»Oha!«, stieß meine Schwester aus.

Mir blieb vor Überraschung der Mund offen stehen. »Wie …? Das …, das ist doch nicht dein …«

»Doch. Das heißt, wenn Uschi überhaupt mal mit mir zusammen wohnen will.« Er blickte sie verliebt an.

»Kommt jetzt noch 'n Heiratsantrag?« Sie lachte.

»Nee. Wohnung und Hund reicht doch erst mal, oder? Also bist du einverstanden?«

»In Gottes Namen.«

Irgendwie hatte ich den Eindruck, dass sie das Ganze genauso wenig ernst nahm wie ich.

»Dann ist ja alles klar«, sagte Achim. »Leni, komm!«

»Aber ...!«

»Wir machen nachher 'nen schriftlichen Hundevertrag, ja?«

Zwei Minuten später saß ich, ohne dass mir klar war, wie das geschehen konnte, in den roten Kunstlederpolstern des ersten Wagens. Langsam bewegte er sich auf der Schiene höher und höher empor, eine Kurve und noch eine, und dann waren wir am höchsten Punkt und vor mir nur noch Tiefe. Der Wagen stürzte sich hinab. Ich schrie meine Angst in die kalte Luft. Doch es half nichts, mein Magen spielte verrückt. In der Talsohle atmete ich tief durch, aber schon ging es wieder aufwärts und mit Schwung in die nächste Runde. Meine Hände umklammerten den Sicherungsbügel, mein Blick suchte Ruhepunkte, um in diesem wahnsinnsschnellen Rauf und Runter nicht vollends verloren zu gehen: Uschis Gesicht – eine Grimasse. Das runde Dach des Kettenkarussells – es raste auf mich zu. Keine Chance. Ich kniff die Augen zusammen. Öffnete sie erst wieder, als nach ewig scheinenden Minuten der Horror in langsamem Tempo endet. Nie wieder, schwor ich mir, als ich mit Beinen wie Wackelpeter ausstieg.

»Wir brauchen ein Blatt Papier und einen Kuli«, sagte Achim.

»Bring ich gleich.« Die rundliche Frau, etwa in Muttis Alter, stellte ein Bier und zwei Gläser Cola auf unseren Tisch.

Ich sah mich neugierig um. Das war nun also die

Kleine Mollige, wo Uschi an jedem Wochenendabend twistete und Rock'n'Roll tanzte. Ja, es gab tatsächlich eine winzige Tanzfläche. Aber sie war leer. So leer wie der Rest des Lokals. Hinten in der Ecke blinkte eine Jukebox, vorne neben der Theke stand ein Kicker. Ich hatte mir das alles anders vorgestellt. Größer, pompöser, wunderbarer ... Wenn Uschi davon erzählte, hatte sie glänzende Augen.

»Du kannst mal Musik machen«, sprach sie mich an.
»Ich?«
»Klar du. Oder traust du dich nicht?« Sie holte ihre Geldbörse aus der Handtasche und begann darin zu kramen.

»Nix da, erst das Geschäftliche«, mischte sich Achim ein. »Ah, da kommt ja das Papier. Danke, Molli, du bist ein Schatz!«

Die Wirtin wuschelte Achim kurz durchs Haar, der tat entsetzt und wehrte ab.

Dann nahm er den Kuli und fing an, in Druckbuchstaben zu schreiben: »Hiermit verpflichten sich Achim und Uschi, einen Hund anzuschaffen, sobald sie eine eigene Wohnung bezogen haben.«

Nach jedem Satzteil sah Achim mich an, fragte: »Okay so?«, und erst, wenn ich mein Einverständnis gab, nahm er den Kugelschreiber wieder zur Hand.

Zum Schluss setzten wir alle drei unsere Unterschrift darunter. Und obwohl ich die Sache von Anfang an nicht ernst genommen hatte, wurde mir ganz feierlich zu Mute. Ich solle das Dokument sorgfältig aufbewahren, meinte Achim, bevor wir mit unseren Getränken auf den Vertrag anstießen.

Dann schob mir meine Schwester zwei Groschen über den Tisch und sah mich auffordernd an.

Langsam stand ich auf, nahm die Geldstücke und näherte mich zögernd der Musikbox. Ich kannte zwar schon eine aus der Eisdiele *Venezia*, die ich ab und zu mit Marlis besuchte, aber bedient hatte ich solch ein Ding noch nie. So fand ich mich davor wieder, die beiden Groschen in der Hand, unschlüssig, welche Tasten ich drücken sollte.

»C14«, raunte eine Stimme von der Seite und ließ mich aufblicken.

Molli, mit einem leeren Bierglas in der Hand, zwinkerte mir zu. Ich drückte die Tasten.

Während Manfred Manns *Pretty Flamingo* erklang, setzte ich mich wieder an den kleinen Ecktisch. Oben drehte sich die Silberkugel und zeichnete hunderte Lichtflecke auf den glatten schwarzen Boden. Auf ihm tanzten Uschi und Achim; eng aneinandergeschmiegt, als wollten sie nie wieder etwas anderes tun.

Stallgeruch

»Ihr Vater hat bei *Glas und Spiegel* als Direktor angefangen«, sagte Marlis leise.

Ich folgte ihrem Blick über den Schulhof zu einem blonden Mädchen, das allein am Tor stand: Roswitha Kellerbaum, mit ihren Eltern von Hamburg nach Gelsenkirchen gezogen und neu in unserer Klasse.

»Die Kellerbaums haben 'ne Menge Kohle und wollen sich hier ein Haus kaufen. Erst mal haben sie aber nur 'ne Mietwohnung in der Boeckerstraße.«

»Das hat sie dir alles erzählt?«

Marlis nickte. »Und noch viel mehr.«

Wir hockten zusammen auf der kleinen Mauer am Altbauausgang zum Schulhof. Lange würden wir diesen begehrten Platz nicht halten können. Fräulein Schneider näherte sich und war wie alle anderen Lehrer, wenn sie Aufsicht hatten, der Meinung, dass wir uns in der Pause bewegen sollten. Bevor sie uns wegscheuchen konnte, standen Marlis und ich wie auf Absprache auf.

Langsam stiegen wir die wenigen Stufen hinunter und begannen eine Schlendertour über den Hof. Eingehakt. Ein Signal für die anderen, dass wir nicht gestört werden wollten.

»Was denn noch?«, nahm ich den Faden wieder auf.

»Na, zum Beispiel, dass sie eigentlich aufs Gymnasium sollte, aber dafür hat's wohl schon in Hamburg nicht gelangt. Sie hat's nur angedeutet.«

»Aha.« Sonderlich interessant fand ich das jetzt nicht. Aber Marlis vielleicht. »Magst du sie?«, fragte ich.

»Gibt Schlimmere. Aber die hat die Nase ganz schön oben, glaub ich.«

Das Klingelzeichen beendete vorerst Marlis' Betrachtung unserer neuen Mitschülerin. Wir machten uns auf den Rückweg ins Klassenzimmer, nicht ohne einige Stoßseufzer von uns zu geben: Eine Doppelstunde Prozentrechnen war angesagt.

Zwei Tage später kam es zum ersten näheren Kontakt. Es war im Kurs ‚Zeichnen und Werken'. Marlis musste wegen einer Bronchitis das Bett hüten, also war der Platz neben mir frei.

»Kann ich mich so lange zu dir setzen?«, erklang hinter mir die Frage in diesem sonderbaren Näselton.

Ich drehte mich überrascht um. Wer sie ausgesprochen hatte, wusste ich natürlich. Roswitha, die Schultasche vor dem Bauch haltend, stand mit schräggeneigtem Kopf da und schaute mich abwartend an.

»Meinetwegen.« Ich räumte die über den gesamten

Tisch verteilten Malutensilien in meine Hälfte. »Is' ja auch nicht schön, so alleine.«

»Was machen wir denn heute?«

»Was mit Wachsmalstiften.«

»Ehrlich? Den Babykram hatten wir schon im ersten Schuljahr.« Sie schob sich den blonden Pony aus den Augen.

Wahrscheinlich hatte Marlis recht.

»Fräulein Schneider guckt in der Zeit unsere Aufsätze durch, dann kriegen wir sie morgen zurück«, sagte ich.

»Stifte hab ich jetzt aber keine mit.«

Ich unterdrückte ein Grinsen über die Aussprache des Wortes Stifte und bot Roswitha an, meine mitzubenutzen. Dafür bedankte sie sich und setzte ein »Sehr freundlich« hinzu, was mich zu einem weiteren Grinsen bewegte.

Inzwischen hatte Fräulein Schneider den Klassenraum betreten. Sie trat ans Pult und wartete, bis Ruhe eingekehrt war. Dann sagte sie: »Heute gibt es eine leichte Aufgabe. Malt eure liebste Freizeitbeschäftigung!«

»Wunderbar!«, rief meine Sitznachbarin, griff sofort zum Bleistift und begann, auf ihrem Zeichenblock eine Skizze anzufertigen.

Etwas neidisch beobachtete ich sie. Erkennen konnte ich nichts, denn ihre rechte Hand war meinem Blick im Weg. Und ich, was konnte ich malen? Fanny hinter dem Zaun und mich davor? Aber dann hätte es Fragen gegeben. Außer Marlis wusste niemand in der Klasse von meinen regelmäßigen Besuchen bei der Stute. Ich geriet ins Grübeln.

Roswithas Skizze schien schon halb fertig zu sein, mein Blatt dagegen war immer noch leer. Mit Feuereifer ging sie die Aufgabe an, ihre rechte Hand arbeitete pausenlos und die Zungenspitze anscheinend mit.

»Warum malst du denn nichts?« Sie hielt inne, sah mich an. Verstand natürlich nichts.

»Was wird das denn? Lass mal sehn«, lenkte ich ab und schaute zu ihrem Werk hinüber.

Sie nahm die Hand beiseite. »Sunny und ich«, sagte sie.

Mir stockte der Atem. Ein Mädchen auf einem Pferd, und das gar nicht schlecht gezeichnet.

»Kann ich schon mal die Stifte haben?«

Wortlos schob ich ihr den Wachsmalkasten zu.

Vor uns drehte sich Gisela um. »Mensch, ich weiß nichts! Du aber auch nicht, Leni, was?«

»Nee.« Konnte die nicht still sein? Ich musste hier erst mal was auf die Reihe kriegen!

»Ist doch ganz einfach«, sagte Roswitha. Gisela hatte sich wieder nach vorn gedreht und löcherte nun ihre Nachbarin. »Was tust du denn am allerliebsten?«

Stumm wie ein Fisch sah ich sie an.

»Mh …, anscheinend doch nicht so einfach. Ich reite am liebsten meinen Sunny oder putze ihn oder knuddele ihn.«

»Du hast ein …« Ich musste mich überwinden, es auszusprechen, »… eigenes Pferd?«

»Ja, einen Württemberger. Aber das sagt dir wohl nichts.«

»Doch!«

Sie lachte auf. »Die meisten denken dabei an Wein.«

»Ich kenn die Rassen!«

Roswitha konnte nichts mehr erwidern, Fräulein Schneider hatte die Unterhaltung bemerkt und kam zu uns herüber.

»Sehr schön. Besonders dein Pferd ist gut gelungen.«

Dein Pferd.

Es stimmte also.

»Und du, Leni? Du bist doch Tierfreund, dann wird dir ja etwas einfallen.« Sie lächelte mir aufmunternd zu und ging zur nächsten Bank.

Ich beschloss, Marlis und mich beim Gummitwist zu malen.

Nie im Leben hätte ich Roswitha danach gefragt. Aber als Marlis in der nächsten Woche wieder zur Schule durfte, stand sie auf einmal mit Roswitha im Schlepptau vor mir. »Du kannst mit ihr zum Reiterhof fahren.«

Ich blickte verblüfft von einer zur anderen.

»Morgen Nachmittag um drei«, sagte Roswitha. »Mein Vater bringt uns.«

Einen Moment zögerte ich. Dann fragte ich Marlis: »Kommst du auch mit?«

»Nee, die Viecher sind mir 'ne Ecke zu groß. Und morgen geh ich sowieso mit meiner Mutter inne Stadt, krieg 'n neues Sommerkleid.«

So kam es, dass ich tags darauf neben Roswitha im Kellerbaumschen Mercedes saß. Vor Aufregung gab ich kaum einen Satz von mir. Nur gut, dass sich Herr Kellerbaum pausenlos mit seiner Tochter unterhielt, so fiel meine Schweigsamkeit nicht auf. Am Reiterhof an der Balkenstraße in Erle hielt er, ließ uns mit einem »Viel Spaß, bis nachher!« aussteigen und rauschte von dannen.

Ich wusste gar nicht, wo ich zuerst hinsehen sollte. Allein schon Roswitha in ihrer hellbeigen Reithose und den schwarzen Stiefeln, aber das hier ... Neben der langgestreckten Halle befand sich ein von einem weißen, niedrigen Zaun umgebener Platz. Darauf drei Reiterinnen mit ihren Pferden. Ein pechschwarzes galoppierte und gab bei jedem Sprung ein Schnauben von sich. Staubwölkchen wirbelten auf. An den Flanken glänzte das Pferd schweißnass.

»Gehen wir erst mal zu Sunny, der steht dort drüben.«

Ich riss mich los und folgte Roswitha zu einem flachen, über Eck gebauten Gebäude. Das Tor war weit geöffnet. Gespannt trat ich ein. Das Erste, was ich wahrnahm: Es roch eindeutig nach Pferd. Wie ich es von Fanni kannte, und doch ein bisschen anders. Nach Heu vielleicht, eine gewisse Schärfe war auch mit dabei. Ich mochte die Mischung.

Aber wo waren die Pferde? Die Boxen standen offen – leer.

»Die Schulpferde sind gerade in der Halle«, erklärte Roswitha. »Zu den privaten müssen wir um die Ecke.«

Sie ging vor. Eine breitere Stallgasse tat sich auf. Etwa in der Mitte sah ich einen angebundenen Schimmel. Eine Frau fuhr mit einer Bürste mit weit ausholenden Bewegungen über Rücken und Kruppe. Nach jedem Strich zog sie die Bürste am Striegel ab, den sie in der Linken hielt. Feiner Staub tanzte im Sonnenschein, der durch die Oberlichter fiel. Der Schimmel hatte uns bemerkt, trat zur Seite und wandte den Kopf in unsere Richtung. Große, aufmerksame Augen, seine Nüstern schimmerten rosa. Ich konnte mich nicht von seinem Anblick lösen.

»Das ist der Ebro, den finden alle toll. – Welche Rasse?« Roswithas Ton hatte etwas Herausforderndes.

Wieder sah ich zu dem grazilen Pferd hinüber. Eine lange Mähne fiel ihm über den stolz gewölbten Hals.

»Araber?«

»Na, war ja auch nicht schwer.«

Wir gingen weiter. Die Gitterstäbe der Boxen hatten Aussparungen – kleine Fenster zur Stallgasse, aus manchen schaute ein Pferdekopf. Alles sah hier so sauber und aufgeräumt aus. Ich hatte mir einen Stall anders vorgestellt. Selbst die Frau bei Ebro trug eine weiße Bluse. Als wir an den beiden vorbeikamen, stupste der Schimmel mit der Nase an meinen Oberarm. Ich blieb stehen.

»Verspielter Kerl«, sagte die Frau und lächelte.

Da wagte ich mich. »Darf ich ihn anfassen?«

Ich durfte. Meine Hand strich langsam unter der Mähne entlang über Ebros schönen Hals, er schnupperte währenddessen an meinem Hosenbund.

»Jetzt komm aber! Ich muss den Sunny schließlich noch für die Stunde fertig machen.«

Roswithas Pferd war von rötlichbrauner Farbe und schien mir riesig groß. Wahrscheinlich wäre es mir bei den eins fünfundvierzig, die ich trotz meiner dreizehn Jahre erst maß, niemals gelungen, in Sunnys Sattel zu kommen. Doch auch seine Besitzerin rutschte beim Aufsitzen zwei Mal mit dem Fuß vom Steigbügel ab, obwohl sie gut einen halben Kopf größer war als ich. Die Reitstunde begann und ich stand am Platz und saugte die Eindrücke auf: fünf Pferde, fünf Mädchen im Sattel, dazu ein drahtiger Reitlehrer mit karierter Schirmmütze, der Kommandos gab, Sitz und Haltung korrigierte, öfter laut wurde, manchmal lobte. Mir entging nichts. Das Knarren der Sättel, die Konzentration in den Gesichtern der Mädchen, das Muskelspiel unter dem Fell der trabenden Pferde, ihr Prusten, manchmal ein Schweifschlagen … Die Atmosphäre nahm mich gefangen. Ich fühlte den Wunsch so stark wie nie. Wie eine helle Flamme brannte er in mir.

Als der Mann in der Mitte des Platzes seinen hintereinander reitenden Schülerinnen das Kommando zum Angaloppieren gab, bekam ich Herzklopfen, als wäre ich eine von ihnen.

Und dann geschah es. Sunny wollte nicht, trabte noch immer, während die anderen schon eine Runde Galopp hinter sich hatten. Roswitha erhielt einen Anraunzer, sie solle *die richtigen Hilfen geben*. Ich sah, wie sie das Gesicht verzog und Sunny mit der Gerte anschnippte. Der machte einen Satz nach innen, buckelte zwei Mal und schon flog Roswitha durch die Luft und landete wie ein nasser Sack im Sand.

Vor Schreck hielt ich den Atem an.

Aber Roswitha stand sofort wieder auf den Beinen. Mit hochroten Wangen klopfte sie sich den Schmutz von der Hose, während Sunny gemütlich über den Platz schritt und schließlich bei einer dunkelbraunen Stute namens Heidi stehen blieb, um an ihrem Hinterteil zu schnuppern.

Das sah zu süß aus, ich musste lächeln.

Unglücklicherweise blickte Roswitha in dem Moment zu mir herüber. Sie kniff die Lippen zusammen und stapfte auf ihr Pferd los. Als sie einen halben Meter von ihm entfernt war, schien Sunny den Rest des Tages anders verplant zu haben und setzte sich in Trab.

So ein Schlawiner! Das hatte ich ihm gar nicht zugetraut, war er doch zuvor kreuzbrav gewesen.

»Alle stehen bleiben!«, ordnete der Reitlehrer an.

Sunny fühlte sich nicht angesprochen. Im Gegenteil, es sah aus, als hätte er Gefallen an dem Spiel gefunden. Abermals ließ er seine Reiterin dicht herankommen, bevor er erneut durchstartete, diesmal im Galopp. Mit flatternden Steigbügeln übersprang er elegant das Zäunchen, dann trabte er lässig direkt an mir vorbei. Ich sah ihm staunend hinterher. Auf dem Springgelände nebenan senkte er den Kopf und begann, in aller Ruhe zu grasen.

»Konntest du ihn nicht aufhalten!«, pflaumte mich Roswitha an. »Stehst da wie eine Salzsäule.«

»Kümmere dich lieber mal selbst um dein Pferd!«, rief der Reitlehrer ihr zu.

Endlich schaffte sie es, Sunny am Zügel zu erwischen. Als sie ihn wieder auf den Platz führte, würdigte sie mich keines Blickes.

»Sag mal, weißt du, was die Stunden hier kosten?«

Roswitha hatte Sunny den Sattel abgenommen und spritzte mit einem Schlauch den Schweiß aus seinem Fell. Dabei wandte sie mir den Rücken zu.

Keine Antwort. Hatte sie mich nicht gehört?

Sie wechselte auf Sunnys andere Seite, säuberte ihn auch dort, drehte den Hahn zu und legte den Schlauch zur Seite. Dann rubbelte sie mit einem Handtuch das Fell trocken.

Ich wartete – nichts.

Erst als sie ihr Pferd an mir vorbei in den Stall führte, gab sie, ohne mich anzusehen, den Satz »Für dich sowieso zu teuer« von sich.

Mir war, als hätte auch ich eine kalte Dusche abbekommen.

Immer wieder hörte ich diese Worte, während ich nach Hause lief, mit Durst in der Kehle und mächtiger Wut im Bauch. Sicher, ich hätte den Bus nehmen können, er hielt ja beinahe vor unserer Haustür. Aber die fünfzig Pfennig auch noch opfern wegen der bescheuerten

Zicke? Nein, da schwitzte ich lieber und trottete die immer länger werdende Adenauerallee heimwärts. Zu Roswitha hatte ich kein Wort mehr gesagt. Sollte sie denken, was sie wollte.

Die Brücke über die Emscher überquerte ich mit schnelleren Schritten. Nur einen kurzen Blick in das wie mit dem Lineal gezogene Bett, in dem sie schwarz und stinkend dahinfloss. Dafür legte ich gleich danach auf der Kanalbrücke einen kleinen Stopp ein und beobachtete, wie sich Kinder und Erwachsene im Wasser und an den Böschungen vergnügten.

So bald würde ich wohl nicht wieder zum Reiterhof kommen. Roswitha und ich, das passte eben nicht. Und allein dort aufkreuzen, nein, das traute ich mich nicht.

Also hieß es: weiter sparen.

Zu Hause trank ich ein großes Glas *TRi TOP* Waldmeister und erzählte Mutti, wie es im Reitstall gewesen war. Mittendrin klingelte es. Mutti ging die Tür öffnen, ich hörte eine bekannte Stimme: Herr Kellerbaum. Er erkundigte sich, ob ich heimgekommen sei. Roswitha schien nicht dabei zu sein, vielleicht saß sie unten im Auto. Ich blieb in der Küche und lauschte der kurzen Unterhaltung.

»Meine Tochter ist manchmal etwas impulsiv.«

Impulsiv? Das war nett umschrieben!

»Ach, Kinder kriegen sich schnell mal anne Köppe. Und genauso schnell vertragen sie sich wieder.«

Nee-nee, Mutti, das wird nix mehr, dachte ich, die hat bei mir verschissen bis inne Steinzeit.

Aber was ich niemals für möglich gehalten hätte, traf am nächsten Tag ein. Roswitha kam in der Pause direkt auf mich zu und blieb vor mir stehen.

»Weißt du, ich war wütend, weil ich mich so blamiert hatte«, sagte sie. »Dabei wollte ich doch alles besonders gut machen vor dir. Ich mag dich nämlich.«

Ich war sprachlos.

Sie streckte mir die Hand entgegen. »Alles wieder gut?«

»Alles wieder gut.« Ich schlug ein.

»Dann kommst du demnächst noch mal mit, ja?«

Doch daraus wurde nichts. Ein paar Tage später kauften die Kellerbaums ein Haus in Essen-Verden. Roswitha wechselte die Schule; ich habe sie nie wieder gesehen.

Komm, gib mir deine Hand

»Wie findest du eigentlich den Werner?«

»Ganz in Ordnung, warum?«

»Nur so.« Ich merkte, wie meine Wangen heiß wurden, und hoffte, dass Marlis nichts mitbekam.

Aber da sah sie mich schon so komisch von der Seite an. »Haste dich in ihn verknallt?«

»Nein!« Eine Spur zu schnell und zu laut. Mein Gesicht glühte. Mist!

Marlis lachte.

Nach einer Weile, während der wir schweigend den Heimweg von der Schule fortsetzten, fragte ich dennoch: »Würdest du denn mit ihm gehen?«

»Nee, da müsste schon ein anderer kommen.«

Es klang ein bisschen verächtlich, so kannte ich sie gar nicht.

»Du vielleicht schon, was?«, fügte sie hinzu.

»Ich hab doch gesacht, dass ich nicht verknallt bin.«

Ende. Aus. Neues Thema, bitte!

Vor ein paar Wochen war Werner mit seinen Eltern in das Hinterhaus des *Eiskellers* gezogen. Ein Junge mit schmalem Gesicht, Sommersprossen und rotblonden Haaren. Er war aus der letzten Klasse der Gartenbruchschule in Rotthausen in unsere gewechselt und erhielt einen Platz hinten, in der letzten Reihe; man bemerkte ihn kaum. Dennoch verbreitete sich in Windeseile das Gerücht, dass er in einem Kinderheim gewesen sei. Er habe »asoziale« Eltern, hieß es. Ich konnte mir nichts Konkretes darunter vorstellen, und auch Marlis wusste nichts Genaues. »Vielleicht saßen die mal im Knast«, mutmaßte sie.

An einem Sonntagnachmittag tauchte dann Werner im Hof auf. Marlis und ich hatten eigentlich Gummitwist unter Zuhilfenahme eines Ascheneimers spielen wollen, ließen aber jetzt davon ab. Wir waren viel zu neugierig auf den neuen Nachbarn. Marlis nahm das Gummiband von der Aschentonne und wickelte es auf.

»Habt ihr keine Lust mehr?«, fragte Werner.

Sie zog die Schultern hoch. »Können wir ja immer noch, später.«

Er steckte die Hände in die Taschen seiner ausgebeulten Cordhose. Sein Blick schweifte von Marlis zu seinen Schuhen und dann zu mir. »Wohnste auch hier?«

»Nebenan.« Ich deutete mit dem Kopf hin.

»Schönes Haus.«

»Findeste?«

Er nickte.

Der Eiskeller

»Leni würd' lieber hier wohnen«, mischte sich Marlis ein. »Im *Eiskeller* darf man Hunde halten.«

Was die nun wieder gleich erzählte; ich ärgerte mich ein bisschen, aber da sagte Werner: »Ich hatte mal einen, Wuschel hieß er. Is' überfahren worden.« Auf einmal sahen seine Augen dunkel und traurig aus.

»Oh ...« Wie gern hätte ich etwas Nettes zu ihm gesagt, etwas zum Trost, aber natürlich fiel mir nichts ein. Dafür kam mir eine andere Idee. »Sollen wir nicht zu dritt ...? Is' doch viel schöner.« Fragend sah ich zu Marlis hinüber und, ehe sie antworten konnte, weiter zu Werner. »Wenn du überhaupt magst.«

Er nahm die Hände aus den Taschen, der traurige Ausdruck wich aus seinem Gesicht und machte einem anderen Platz. War er freudig überrascht oder entsetzt? Manche Jungen fanden Gummitwist albern. Doch da antwortete er schon. »Sach ma lieber, wenn ihr mich lasst«, und grinste.

Mir gefiel Werners zurückhaltende Art, und vor allem gefiel mir, dass er sich für Tiere interessierte und, wie ich nach der fünften Gummitwistrunde festgestellt hatte, genauso gern las wie ich. Bald lieh ich ihm meine Lieblingsbücher, angefangen bei *Der schwarze Hengst Bento* bis hin zu *Krambambuli*. Wir hatten immer Gesprächsstoff.

»Ihr mit euren Viechern ...« Marlis stöhnte und verdrehte die Augen. Werner und ich sahen uns nur an und lachten.

Und schließlich war es heraus, ich hatte ihm von meinem Wunschtraum erzählt und dass ich eisern dafür sparte. Wir saßen am Hintereingang des *Eiskellers* auf der Treppe. Das Vordach schützte uns vor dem leichten Nieselregen.

»Du sachst ja gar nix dazu.« Ich malte mit einem Stöckchen Kringel auf die Erde. »Findeste das blöd?«

»Nein, überhaupt nicht.«

»Aber nicht überall rumerzählen, ja?« Ich ließ das Stöckchen fallen und sah ihn an.

»Niemals«, versprach er und nahm nun seinerseits die Kringelmalerei auf. »Meinste, ich kann dann mal mitkommen und zugucken, wie du reitest?«

Zuschauer bei meinen ersten Reitversuchen? Die Vorstellung behagte mir gar nicht. »Das dauert noch«, wich ich aus.

Werner blickte auf. Enttäuschung in den Augen.

Ich wollte ihn nicht vor den Kopf stoßen. »Klar kannste mit, wenn's so weit ist. Ich will nur so viel zusammen haben, bis ich ein Jahr lang einmal die Woche eine Stunde nehmen kann.«

»Toll«, sagte er, den Blick immer noch auf mich gerichtet.

»Meine Sparsamkeit?«

»Wer is' hier sparsam?« Marlis kam um die Ecke und ich rückte nach rechts, um Platz für sie in unserer Mitte zu machen.

Etwa eine Woche später traf ich Werner auf der Straße

vor unserem Haus. Ich kam gerade vom *Eiskeller* zurück, hatte Marlis abholen wollen, aber sie war beim Bäcker.

»Hab bei euch geklingelt, hat keiner aufgemacht«, sagte Werner, und dann, als ich ihn fragend ansah: »Ich hab mir 'ne Schallplatte gekauft. Möchteste die mal hör'n?«

Es kam so unerwartet; ich wusste nicht, was ich antworten sollte.

»Von den Beatles.«
»Aha, und welche?«
»Ich spiel sie dir vor. Meine Alten sind nicht da.«
»Sollen wir nicht auf Marlis warten? Die is' nur zum Einkaufen.«

»Marlis kann sie später immer noch hör'n«, meinte er. »Ach, komm doch, dauert ja nicht lange«, und schaute mich so lieb aus seinen braungrünen Augen an.

Also fand ich mich kurz darauf auf einer durchgesessenen Couch wieder, in einem Wohnzimmer mit halb abgerissenen Tapeten und verschlissenem Teppich. Es roch nach abgestandenem Essen und kaltem Rauch. Ich versuchte, so unauffällig es ging, möglichst flach zu atmen.

Werner holte aus seiner Schultasche die Platte und hockte sich vor die Musiktruhe, die im Gegensatz zum sonstigen Mobiliar erstaunlich neu wirkte. Er führte die Nadel auf die schwarze Scheibe.

Eine hämmernde Einleitung. Die ersten Töne kamen mir bekannt vor, aber dann:

O ko-omm doch, komm zu mi-i-ir ...

»Auf Deutsch?«, rief ich überrascht aus.

Werner legte einen Finger an seine Lippen.

Ich lauschte den Stimmen der Beatles. Endlich verstand ich mal einen ihrer Texte.

O ko-omm doch, komm zu mi-i-ir,
komm gib mir deine Hand.

Werner hatte sich neben mich gesetzt. Ich nahm einen Geruch wahr, den ich nicht von ihm kannte. Hatte er Rasierwasser benutzt? Rasierte er sich denn überhaupt schon? Seine linke Hand lag zwischen uns auf dem Sofa. Da merkte ich, dass er mich ansah. Und wie er mich ansah! Schreck, Freude und Angst durchfuhren mich nacheinander und dann durcheinander. Ich starrte geradeaus, wagte nicht mehr, zu ihm hinüberzuschauen.

Die Beatles sangen unverdrossen ihr unschuldiges Lied weiter.

O du-u-u bist so schö-ö-ön, schön wie ein Diamant.
Ich wi-i-ill mit dir ge-e-eh'n, komm, gib mir deine
Haaand.

Fand Werner mich etwa schön? Wollte er mit mir gehen? Und nahm er, um Gottes willen, vielleicht gleich wirklich meine Hand …?

Mit dem letzten verklingenden Ton sprang ich auf, stotterte etwas von nach Hause und Hausaufgaben machen und floh aus der Wohnung.

Ja, Werner mochte mich, das wurde mir bald ziemlich klar, und anderen fiel es ebenfalls auf. Da war der Tag am Rhein-Herne-Kanal. Zusammen mit Uschi und Achim waren Marlis, Werner und ich hingeradelt und hatten es uns an der Uferböschung auf zwei Decken bequem gemacht.

»Soll ich uns den Schwimmreifen aufblasen? Dann können wir beide den Kopf drauf legen.«

»Nee, lass man. Ich will lieber sitzen«, wehrte ich Werners Vorschlag ab und sah der *Graf Bismarck* hinterher, die mit Kohlen beladen, tief im Wasser liegend, vorbeigezogen war.

Marlis neben mir grinste. »Ich geh schwimmen«, sagte sie. »Werner, kommste mit?«

»Nöö, ich bleib hier.«

Ihr Gesicht wirkte merkwürdig eingefroren, als sie aufstand.

»Da kommt der Eismann! Ich hol uns mal was, ja?« Werner suchte bereits sein Portemonnaie. »Wie immer Vanille und Schoko?«, fragte er mich.

»Ja, aber ich bezahl selbst.«

Doch er war schon aufgesprungen.

»Der ist ja süß«, bemerkte meine Schwester und ich wusste nicht, ob ich mich freuen oder ärgern sollte. Einerseits genoss ich es, umworben zu werden, andererseits schämte ich mich. Vor allem vor Marlis. *Komm, gib mir deine Hand.* Immer wieder hörte ich dieses Lied, die Beatles sangen es fortwährend in meinem Kopf.

Was wäre denn, wenn ich ihm meine Hand gäbe,

wenn wir miteinander gehen würden? Würde er mich küssen? Ein leichter Schauer lief über meinen Rücken. Bloß nicht, rief ich mich zur Räson. Alles, was mir die Bravo zum Thema Küssen verraten hatte, tat sich in erschreckenden Bildern vor mir auf. Nein, ich konnte das nicht.

Niemals!

Werner war mittlerweile mit dem Eis zurück. »Halt mal meines auch«, sagte er und reichte mir die zwei Hörnchen. Dann griff er nach seiner Cordhose, die im Gras lag, und zog aus ihrer Tasche eine Papiertüte. »Hier, die haste noch nicht.«

Ich öffnete sie vorsichtig. Vier Pferdepostkarten waren darin: ein Lipizzaner, zwei niedliche Fohlen und ein gescheckter Mustang.

Mein Herz wollte ihm zufliegen, doch energisch hielt ich es zurück.

Und schon war Marlis da und rubbelte sich ihre Haare mit einem Handtuch trocken. »Oh, was haste denn da bekommen?«

Schwang neben Neugier auch Ironie in der Frage mit? Oder bildete ich mir das nur ein?

Ich hätte mich am liebsten unsichtbar gemacht.

Es kam mein Geburtstag, der 28. Juni. Hauswirtschaft hatte auf dem Stundenplan gestanden, und ich war an der Zubereitung eines Hefeteigs beinahe gescheitert, hätte ich nicht meine Freundin zur Seite gehabt, die wie immer alle Aufgaben in diesem Fach mit links erledigte.

»Du kommst dann ja nachher zum Kaffee«, sagte ich, als wir den Klinkerbau Nr. 76 in der Uechtingstraße erreichten, und wollte schon auf die Klingel drücken, aber Marlis hielt mich zurück.

»Warte!«

Ich ließ den Arm sinken.

»Gibt noch 'ne Überraschung.«

»Wie? Jetzt?« Ihr Geschenk hatte ich eigentlich am Nachmittag erwartet.

»Ja. Komm einfach mit zu uns in den Hof.«

»Zu uns …?«

Irgendwie war mir das nicht geheuer. Mit ungjuten Vorahnungen folgte ich ihr zum *Eiskeller*. Dort wartete Werner an der Hintertür und ich wusste schlagartig, dass mein Gefühl mich nicht getrogen hatte.

Mit einem leisen »Herzlichen Glückwunsch« reichte er mir eine Pappschachtel, nicht größer als eine Zigarettenpackung. Sein sonst eher blasses Gesicht rötete sich ein wenig.

Nicht minder verlegen, nahm ich die Schachtel entgegen. Mehr als ein gemurmeltes »Danke« brachte ich nicht heraus.

Marlis sah mich an. »Na los, aufmachen!«

Ich öffnete die Schachtel: Ein emailliertes Herzchen am Lederband, auf der Rückseite war ein Name eingraviert.

Sein Name.

»Is' selbst gemacht«, erklärte Werner. »Marlis hat mir geholfen.«

Ich hielt das Herz mit spitzen Fingern wie ein hässliches Insekt. »Das will ich nicht«, sagte ich leise.

»Was haste denn?«, fragte meine Freundin. »Mach es doch mal um!«

»Nein.«

»Aber es ist doch ...«

»Ich werde es nicht umtun. Hier!« Ich hielt ihr die Schachtel samt Anhänger entgegen.

»Aber das war 'ne Menge Arbeit und ...«

»Mir egal!« Mit hochrotem Kopf funkelte ich sie an. »Was Besseres hättet ihr euch nicht einfallen lassen können, wie?«

Erst dann dachte ich an Werner, der dabei stand, den Blick von mir abgewandt.

Mein Gott, warum tat ich das nur? Wem wollte ich etwas beweisen? Marlis? Mir?

Ich drehte mich um und lief fort; das Herz fiel zu Boden. Im selben Moment wurde mir klar, wie bescheuert ich mich benahm, aber ich rannte weiter, wollte nur noch allein sein und heulen.

Mit jenem Tag änderte sich alles. Werner suchte nicht mehr meine Nähe. Anfangs war ich erleichtert, aber bald tat es mir leid. Wem sollte ich jetzt die neuesten Schätze meiner Pferdebild-Sammlung zeigen, mit wem Fanny auf der Weide besuchen?

Er fehlte mir. Zumal auch Marlis wegen eines Ferienjobs kaum Zeit für mich hatte.

So war ich froh, die letzten beiden Wochen der

Sommerferien mit Uschi bei Tante Hella im Erzgebirge verbringen zu können. Meine Cousine Ulrike und der seit Neustem zur Familie gehörende Dackelmischling namens Waldi sorgten dafür, dass die Beatles seltener ihr Lied in meinem Kopf sangen.

Mit zwei handgeschnitzten Räuchermännchen im Gepäck kehrte ich nach Hause zurück.

Gleich am ersten Abend nahm ich die beiden Schachteln und ging hinüber zum *Eiskeller*. Marlis sei draußen, erfuhr ich von ihrer Mutter. Also verließ ich das Haus und schaute im noch fast taghellen Hof nach meiner Freundin aus.

Ich fand sie am Hinterhaus, auf der Treppe. Nicht allein, Werner saß neben ihr. Sein glattes Haar war länger gewachsen. Es stand ihm gut.

»Hallo«, sagte ich, langsam näher schlendernd. »Bin wieder da.«

»Hallo«, kam die zweistimmige Antwort.

Auf einmal sah ich die Zigarette in Marlis' rechter Hand. Sie nahm einen Zug. »Ich dachte, du wolltest nie rauchen«, entfuhr es mir und ich blieb vor den beiden stehen.

»Tja …« Sie zuckte die Schultern. »Man soll nie nie sagen.«

Etwas ist anders, dachte ich. Ist sie mir noch böse? Schließlich hatte sie sich mit ihrem Emaillierofen viel Mühe für dieses dämliche Herz gemacht.

Hilfe suchend schaute ich zu Werner.

Erst jetzt wurde ich gewahr, dass nichts mehr so sein würde wie bisher:

Ihre Hand lag in seiner.

Verliebt auf Schalke

Mit fünfzehn geschah es dann. Nein, ich bekam weder das Pferd noch einen Hund! Es passierte in einem Elektro- und Plattengeschäft auf der Bahnhofstraße.

»Haste die neue von den Stones da?«, hörte ich Berni fragen, während ich das Schallplattenfach mit dem Aufkleber »L« durchblätterte.

»Aber klar!«

Die Antwort machte mich aufmerksam. Ich warf einen Seitenblick zur Hörbar, an der mein Bruder Platz genommen hatte. Der Krauskopf im roten Pulli, der hinter der Theke stand, holte eine Scheibe aus der Hülle und legte sie auf. Danach schaute er zu mir herüber, und sein Lächeln ließ einen warmen Brauseschauer über meinen Körper rieseln.

Sah der süß aus! Hatte er wirklich mich gemeint? Mit dem Lächeln? Er konnte mich nicht gemeint haben. Oder stand er auf Sommersprossen?

Lieber nicht noch mal hinsehen.

Ich blätterte weiter durch das »L«, ohne die Titel wahrzunehmen. Erst als Berni ausrief: »Boah, ‚Honky Tonk Women' is' der Wahnsinn!«, schaute ich hoch. Mit der Hörmuschel am Ohr wippte mein Bruder im Takt und summte Songfetzen. Ich musste schmunzeln, und wieder begegnete ich einem Blick aus dunkelbraunen Augen. Ein hinreißendes Grübchen zeigte sich links neben dem Mund.

Konnte man Herzklopfen wirklich nicht hören?

Schnell befahl ich meinen Augen, sich erneut dem »L« zu widmen. *John Brown's Body* von den Lords sprang mir gerade zur rechten Zeit entgegen. Ich nahm die Platte und ging langsam zur Hörbar.

»Willste auch mal?«, fragte Berni und lüftete sein Ohr.

»Nee, lieber die hier.«

»Na, dann gib mal her«, sagte der Krauskopf.

Ich bekam ein drittes wahnsinnig liebes Lächeln ab. Hilfe! War ihm eigentlich klar, was er da tat?

Berni reichte mir den Hörer. Ich presste ihn an mein heißes Ohr. Die Lords sangen, und ich wusste nicht, wo ich hinschauen sollte. Vor mir stand er und blickte mich immer wieder kurz an, während er sich mit meinem Bruder unterhielt. Mit jeder Zeile des Liedes steigerte sich mein Herzschlag. Als es zu Ende war, spürte ich ihn bis in den Hals. Meine Handflächen waren feucht, die Härchen auf Armen, Beinen und was weiß ich wo noch hatten sich aufgerichtet.

»Und?«, fragte er.

»Toll«, brachte ich heiser hervor.

»Meine kleine Schwester steht auf Lords«, sagte Berni.

»Schön. Ich mag die auch.« Er räumte mit ein paar Handgriffen den Tisch hinter der Theke auf, sah dann hoch. »Noch mal hören?«

Beim zweiten Durchlauf gelang es mir, mein Innenleben einigermaßen zu beruhigen: Stell dich nicht so dämlich an! Er ist doch nur nett zu seiner Kundschaft.

Was mich nicht davon abhielt, im nächsten Moment in rosarote Träume zu verfallen, die auch nicht endeten, als mein Bruder und ich *Radio Richter* verließen.

Im Laufe der Woche erfuhr ich von Berni auf mein, wie ich fand, sehr dezentes Nachfragen, dass er Michael hieß. Er war der jüngere Bruder von Bernis Kumpel Klaus. Abends im Bett stellte ich mir vor, wie es weitergehen könnte. All das, was im Schallplattenladen mit mir passiert war, wiederholte sich. Aber noch mehr als das – Michael nahm mich in die Arme. Es fühlte sich an wie beim Abwärtsfahren im Riesenrad, doch auch wieder anders – stärker. Nie dagewesen. Und endete in meinem Schoß. Meist kam ich erst spät in der Nacht zur Ruhe.

Glücklich stimmte ich zu, als Berni sich am Samstag beim Frühstück erkundigte, ob ich mit in die Stadt käme.

Und noch glücklicher war ich, als wir nach Ladenschluss am späten Mittag mit der Linie Zwei nach Hause fuhren. Still saß ich da und blickte auf das Werksgelände von *Grillo Funke* hinab, während die Straßenbahn auf der *Berliner Brücke* an Tempo zulegte. Michael hatte mit mir geredet, mindestens zehn Minuten lang! Bis ihn mir ein Kunde wegnahm. An diesem Abend konnte ich erst recht nicht einschlafen, wundervolle und quälende Bilder jagten durch meinen Kopf.

Das Schicksal meinte es gut mit mir, denn beim dritten Besuch bei *Radio Richter* spielte es mir einen Joker zu.

»Holt mich am Samstach nicht so spät ab«, sagte mein Bruder. Ich nahm den Hörer herunter, aus dem mir *Glory Land* ins Ohr geklungen war. »Wird bestimmt rappelvoll gegen Köln.«

»Ich werd Klaus Beine machen«, antwortete Michael. »Will ja was sehen.«

Ich schaute von einem zum anderen. Vom Hirn übers Herz bis zum Magen spürte ich dieses *Jetzt oder nie* und schon schlüpfte mir der Satz aus dem Mund: »Ich war noch kein einziges Mal auf Schalke.« Mit dem richtigen Ton zwischen Traurigkeit und Aufbegehren – es war gar nicht schwer, denn genau das fühlte ich.

Berni sah mich an, als wäre ich von einem anderen Stern.

»Dann komm doch mit!«, erwiderte Michael.

Beim Heimweg fuhr die Straßenbahn nicht auf Schienen, sie schwebte auf einer Wolke. Und ich saß in diesem Himmelsfahrzeug und träumte mich in die *Glückauf-Kampfbahn*, in der ich mindestens zwei Stunden an Michaels Seite verbringen würde.

Samstagnachmittag, 14 Uhr: In meinem Bauch grummelte es. Dabei hatte ich aufs Mittagessen verzichtet mit der Ausrede, mir lieber auf Schalke eine Bratwurst zu kaufen. Nun probierte ich im Badezimmer vor dem Spiegel aus, wie ich diese blau-weiße Pudelmütze aufsetzen konnte, ohne allzu bescheuert auszusehen. Sie gehörte Berni; er bestand darauf, dass ich sie leihweise trug. Dass Uschi im Minutenabstand an die Tür hämmerte, ignorierte ich.

»Leni, was machste da drinnen? Ich will baden!« Wieder Pochen an der Tür. Gleichzeitig klingelte es.

Ich entschied mich spontan für schräg und zog die Bommelmütze über das rechte Ohr, das andere blieb frei.

Stimmen im Flur – Himmel, mir wurde schlecht!

»Wie siehst du denn aus?«, fragte mein Bruder, als ich endlich aus der Toilette kam und mich an Uschi vorbeidrückte.

Neben ihm stand Klaus, unter den Arm eine zusammengerollte Fahne geklemmt.

»Wieso? Ich denk, ich soll die aufsetzen.«

»Die Mütze mein ich doch gar nicht. Du siehst aus wie 'n Schluck Wasser inne Kurve.«

Nun musterte mich selbst Klaus, für den ich in der Regel Luft war. »Is' doch klar, wenn man erste Mal auf Schalke geht«, sagte er gönnerhaft. »Haste auch 'n Tipp?«

»Drei eins«, antwortete ich ohne zu überlegen und spähte an ihm vorbei ins Treppenhaus. Wo war Michael?

»Jau! Dat wärt!« Klaus grinste.

Wir machten uns zu dritt auf den Weg zum Stadion. Meine Hoffnung, Michael würde unten vor der Haustür warten, hatte sich nicht erfüllt. Missmutig trottete ich neben den beiden her, die Uechtingstraße entlang, die nach und nach von immer mehr Fans in Blau und Weiß bevölkert wurde. An der Bude kurz vor *Glas und Spiegel* entdeckte ich meinen Vater zwischen einigen diskutierenden Männern. Er war gleich nach dem Mittagessen los, um vor dem Spiel mit seinen Kumpels ein Bier zu trinken. Aus einem waren eher mehrere geworden. Ich tat so, als sähe ich ihn nicht, aber seine Mahnung an meinen Bruder »Pass mir bloß auf die Kleine auf, sonst kriegstet mit mir zu tun!« heftete sich an meinen Rücken. Phhh, Kleine! Wie lange noch?

Fangesänge, Tuten, Trommeln und immer mehr Schalke-Fahnen, je näher wir der König-Wilhelm-Straße kamen. Aus sämtlichen Nebenstraßen strömten sie dem Eingangsbereich der Glückauf-Kampfbahn entgegen. Direkt vor dem Stadion entließ die überfüllte Straßenbahn eine Herde FC-Köln-Anhänger. Derbe Sprüche flogen hin und her. »Paar inne Fresse?«, »Pass bloß auf, ey!« Die Kölner standen in nichts zurück. Mir wurde es ein bisschen mulmig, ich hielt mich dicht neben meinem Bruder.

»Wir nehmen diesen Eingang«, sagte der und zeigte in Richtung der Kassenhäuschen. Aber ein wuchtiger Mann in rotem Trikot versperrte mir die Sicht. Ich versuchte, links an ihm vorbeizukommen. In dem Moment trat ein fahnenschwenkender Kölner heran und klopfte ihm grüßend auf die Schulter. Gezwungenermaßen blieb ich stehen, doch da drückte jemand von hinten gegen mich, so dass ich in die Kehrseite des Dicken stolperte. Wo waren Berni und Klaus?

Der Dicke wandte sich um. »Dat lecker Määdschen will sisch ranmachen!«

Entsetzt sah ich sein Grinsen im rötlich angelaufenen Gesicht.

Eine Hand zupfte an meinem rechten Ärmel. »Leni, wo bleibste denn?« Berni zog mich weiter.

Wir arbeiteten uns zum Kassenhäuschen vier vor, zeigten rasch unsere Karten, drängten durch die Sperre und ließen uns mit der Flut der Nachrückenden ins Stadion spülen. Die Stehplatzränge waren voller Menschen. Mich überkam Reue, dass ich überhaupt mitgekommen war.

Aber da sagte Klaus: »Los, zur Tribüne, Micha macht das schon!«

Vom Ohr sprang dieses Micha direkt in mein Herz. Es gab einen feinen Pieks.

»Meinste?«, gab mein Bruder zurück, folgte aber

bereitwillig seinem Freund, und ich eilte noch weitaus bereitwilliger hinterdrein.

Am Eingang zur überdachten Haupttribüne stand tatsächlich ein mir sehr bekannter krausköpfiger Junge mit drei Mal um den Hals gewickeltem königsblau-weißen Schal neben einem älteren Mann, der die Karten kontrollierte.

»Alles voll drüben«, sagte Klaus, woraufhin Michael einige leise Worte mit dem Kartenkontrolleur wechselte.

»Los, ich hab nix gesehen!« Er winkte uns durch.

Zwei Minuten später fand ich mich auf einer Bank in der ersten Reihe wieder, eingequetscht zwischen Michael und Berni. Rundherum nur Männer und Jungens. Bierflaschen wurden geöffnet, Parolen gegrölt. Hinter mir saß ein langer Kerl mit einer Tröte; es gellte in meinen Ohren, und ich hielt sie mir zu und lachte. Die Welt war wieder in Ordnung – ich saß neben Michael, sogar näher als erwartet.

Dann liefen die Mannschaften ein. Ohrenbetäubender Lärm. Ich spürte das Prickeln, das in der Luft lag, und bemerkte staunend, dass ich selbst lauthals »Schaaaaaaalke« mitschrie.

Anpfiff, und los ging's! Gleich in den ersten Minuten griffen die Schalker an – allerdings ohne Erfolg. Raunen legte sich über die Ränge und die Tribüne. Anfeuerungsrufe klangen auf, rhythmisches Klatschen, Meinungen von rechts und links: »Wat macht denn der Stan, kricht der die Pelle nich rein?« – »Wo is der Fichtel, pennt der?«

Aus den Augenwinkeln warf ich ein ums andere Mal Blicke zu Michael. Mit dem Verkäufer von *Radio Richter* geschah eine Verwandlung, die mich viel mehr interessierte als das, was sich auf dem Rasen abspielte. Seine braunen Augen funkelten, er griff in seine widerspenstigen Haare, schrie »Abseits!« oder brüllte »Foul!«, schlug sich vor die Stirn, wenn etwas bei den Knappen danebenging.

Mich fröstelte. Dieser März war verdammt kalt, und meine Gedanken drifteten ab: Michael, der mich in seinen Armen hielt und wärmte. Seine Hände, die mich streichelten ...

Und dann passierte es, Libuda schoss das Tor zum 1:0. Die gesamte Tribünenbesatzung riss es von den Bänken. Die Schreie aus tausenden von Kehlen vereinigten sich zu einem glückseligen Jubel und ein blauweißes Fahnenmeer erhob sich über den Köpfen. Auch ich war aufgesprungen, hatte die Arme in die Höhe geworfen und »Toooooooor« gebrüllt, wurde von Berni um die Taille gefasst und verlor für einen Moment den Boden unter den Füßen. Ich lachte.

Der euphorische Zustand hielt ganze fünf Minuten. Dann fiel das Ausgleichstor für Köln. Die Farbe Rot übernahm das Feiern, auf unserer Bank wurde es hingegen still.

Automatisch umschloss ich meine Daumen. Michael sah es. Sein Grübchen zeigte sich, als er sagte: »Na, wenn das nix hilft, dann weiß ich nicht.«

Es half. 2:1 durch Wittkamp! Erneut flammte der

Jubel auf und die Männer um mich herum lagen sich in den Armen. Und nicht nur die Männer. Michael drückte mich herzhaft an sich. »Hab ich doch gewusst: Deine Daumen schaffen das!«

Oh, war Fußball schön!

Bis zur Pause änderte sich nichts am Spielstand. Wir blieben auf unseren Plätzen, nur Klaus besorgte Bier, von dem auch ich einen Schluck abbekam. Ich stand zwischen den dreien, brauchte kaum zu reden und fühlte mich großartig. Besonders, als Michael an den Bommel meiner Mütze schnippte. »Die nächsten 45 Minuten musst du weiter drücken.«

»Kannste dich drauf verlassen«, sagte ich.

Meine Daumen waren beinahe blau, als in der 73. Minute das 3:1 fiel. Wieder hieß der Torschütze Libuda. Aber das war im Grunde unwichtig. Wichtig war nur, dass mich Michael an sich zog und mir einen Kuss gab, mitten auf den Mund. Die restlichen Minuten starrte ich auf das Spielfeld, ohne mitzubekommen, was dort los war. Erst der Pfiff des Schiedsrichters riss mich zurück ins Leben.

Er hatte mich geküsst! Auf den Mund. Mein erster Kuss. Nun ja, ich hätte ihn mir romantischer vorstellen können. Der Biergeschmack, die vielen Menschen ... Aber er war passiert. Mit den anderen verließ ich das Stadion, hörte nur halb zu, was sie redeten, hatte ein Lächeln auf den Lippen.

Sie nahmen mich mit nach *Wellhausen*.

»Wenn Papa drin is', haun wir sofort ab, klar?«, sagte Berni und schob mich in das Gedränge der verräucherten Vereinskneipe.

An einem Ecktisch wurden Stühle frei, weil ein paar der ziemlich angesäuselten Männer lieber an der Theke mitmischen wollten. Ich saß wieder dicht neben Michael, mein Glück war vollkommen. Die Kellnerin tauchte mit einer Ladung gefüllter Biergläser auf, und ehe ich mich versah, stieß ich mit allen am Tisch auf den Sieg an.

»Na«, fragte mich Klaus, »wie fanstet denn nun auf Schalke?«

»Toll!«

Es muss sehr überzeugend geklungen haben, denn ich sah allgemeines Strahlen auf den Gesichtern meiner Männerrunde.

»Bist ja auch 'ne tolle Fußballbraut«, sagte Michael, legte seinen Arm um meine Taille und drückte mich kurz an sich.

Eine heiße Welle aus Freude und Sehnsucht rollte über mich hinweg.

»Na-na-na«, bemerkte mein Bruder, aber mehr nicht, und ich war ihm dankbar.

»Und? Kommste wieder mal mit?« Michael blickte mich an.

Himmel, dieses Grübchen! Ich nickte begeistert. »Wenn ihr mich mitnehmt?«

Eine halbe Stunde lang nippte ich an meinem Bier, lachte über die Späße der Jungs, stimmte in die

Lobgesänge auf S04 ein und war sicher, dass dies der schönste Tag in meinem Leben war. Oder zumindest ein genauso schöner wie jener, an dem ich Fanni auf der Weide angetroffen hatte.

Dann stand Michael unvermittelt auf und klopfte auf den Tisch. »Ich muss, bin mit Heike verabredet.«

Während die anderen ihn mit »Tschüs!« oder »Tschau!« verabschiedeten, lächelte er mir noch einmal zu, und schon war er auf dem Weg zur Tür.

Ich sah ihm hinterher.

Eine neue Runde Bier wurde gebracht. Die vollen Gläser landeten neben den leeren auf dem klebrigen Holztisch. Ich nahm wahr, wie Arme sich ausstreckten, Hände zugriffen, hörte die Stimmen der Jungens, saß bewegungslos und stumm.

Bis Berni mich in die Seite knuffte. »Lass das alte steh'n und nimm 'n frisches«, raunte er mir zu.

Aber ich folgte seiner Aufforderung nicht. »Wer ist Heike?«

»Na, Michas Freundin. Wer sonst?«

Biene

Die Morgensonne schickte ihre Strahlen durch den Vorhangschlitz und besuchte mich in meinem Traumland, aber ich hielt mich am Schlaf fest, war noch nicht bereit, wach zu werden. Doch dann drang die WDR4-Musik aus der Küche in meinen Dämmerzustand und ich wusste, dass Widerstand zwecklos war und ich aufstehen und zur Handelsschule musste. Erst einmal räkeln, gähnen, ein wenig blinzeln, und dann – mit einem Mal wurde es mir bewusst: Heute war der 28. Juni. Sofort waren meine Augen offen. Der erste Geburtstag in der neuen Altbauwohnung in Bismarck!

Aber auch der erste, an dem Marlis nicht dabei sein würde. Seit der Sache mit Werner war unsere Freundschaft immer mehr zerfallen und im letzten Jahr hatten wir uns kaum mehr gesehen. Es tat mir leid, dass es so gekommen war, aber ich musste mich wohl damit abfinden. Dabei halfen die Veränderungen, die in mein Leben getreten waren: der Umzug nach Bismarck, die

Heirat von Uschi und Achim, die Handelsschule, in der ich eine neue Freundin gefunden hatte.

Ich rollte mich auf die Seite, hob Ponky auf, der auf den Boden gefallen war, und drückte ihn an mich. Dabei sah ich Claudia vor mir: blond, mit schulterlangen Locken, meistens gut gelaunt und schlagfertig. Ob sie heute kommen würde? Sie saß in der Handelsschulklasse hinter mir und wohnte nur ein paar Straßen weiter. Mit ihr würde ich bald eine Lehre als Groß- und Außenhandelskaufmann bei der Firma *Eisen und Metall* anfangen und natürlich auch weiterhin samstags zu den Discoabenden der Tanzschule *Ampütte* gehen.

Plötzlich tat sich die Tür mit einem Ruck auf, riss mich aus meinen Gedanken und ließ mich Augen und Ohren nur noch für die kleine Prozession haben, die in mein Zimmer kam.

»Zum Geburtstag viel Glück,
zum Geburtstag viel Glück,
zum Geburtstag, liebe Leni,
zum Geburtstag viel Glück!«

Ich setzte mich im Bett auf, zog mein kurzes Micky-Maus-Nachthemd über die Knie und hörte der zweiten Strophe zu.

»Happy Birthday to you …«

Dafür, dass weder Mutti noch Papa noch Berni

ein Wort Englisch sprachen, hörte es sich gar nicht so schlecht an.

»Herzlichen Glückwunsch!« Mutti kam als Erste an mein Bett, stellte den Schokoladenkuchen mit den brennenden Kerzen auf das Tischchen und umarmte mich.

»Auspacken schaffste sicher auch ohne mich«, sagte Berni und legte ein flaches Päckchen aufs Kissen. »Ich bin schon spät dran.«

Papa, noch im Schlafanzug, hatte es weniger eilig. Seit der Schließung der *Chemischen Schalke* vor zwei Monaten war er arbeitslos. »Willste heute nicht eine blaumachen?« Er setzte sich auf die Bettkante.

»Das fehlte noch! Wie kannst du dem Kind nur so etwas vorschlagen?« Vor Entrüstung sprach Mutti reinstes Hochdeutsch.

Ich musste lachen. »Nee, lass man, Papa, heute schreiben wir die letzte Arbeit, BWL, da kann ich mich nicht drücken.« Dann holte ich tief Luft und pustete die siebzehn Kerzen aus.

Am Nachmittag zeigte ich Oma am Kaffeetisch meine Geschenke: fünf Mark und die Schallplatte *My Sweet Lord* von Berni, zehn Mark und das Buch *Ange und die Pferde* von meinen Eltern. Und nun kam ein weiteres schönes Scheinchen hinzu.

Mit sicherer Hand balancierte Oma ein Stück Erdbeertorte auf ihren Teller und fragte: »Sparst du immer noch für Reitstunden?«

»Na klar.«

Sie griff zur Schüssel mit der Schlagsahne, hielt inne und schaute mich an. »Als ich in deinem Alter war, ritten Frauen im Damensattel. In den Feldern, da wo jetzt der *Grüne Weg* ist, galoppierte die Gräfin manchmal an mir vorbei. Ihren ganzen Namen weiß ich nicht mehr, irgendwas mit Droste zu und von, jedenfalls residierte die auf Schloss Grimberg. Da stand ich dann und sah ihr und dem großen dunkelbraunen Pferd hinterher … Das möchte ich auch mal, dachte ich.« Oma seufzte und klatschte eine riesige Portion Sahne auf das Tortenstück.

»Ich hab ja Angst vor Pferden«, bemerkte Mutti. »Damals im Pflichtjahr musste ich beim Bauern …«

Weiter kam sie nicht, denn es klingelte. Ich sprang auf, kannte ich die Geschichte aus der Vorkriegszeit sowieso in allen Einzelheiten. »Sind sicher Uschi und Achim.«

Nicht nur mein Schwager und meine Schwester kamen die Treppe herauf, ihnen folgte Claudia.

»Hey, jetzt biste ja doch da!« Ich freute mich, denn eigentlich hatte sie Stubenarrest. »Dein Pa hat sich also erweichen lassen. Habt ihr drei euch vor der Tür getroffen?«

Statt einer Antwort erhielt ich von Achim einen Strauß lachsfarbener Rosen.

»Meine Lieblingssorte! Sag bloß, das haste dir gemerkt? Nee, nä?«

Sein Gesichtsausdruck schaltete auf total ernst um.

»Es war der 20. Oktober. Als wenn ich den Tag je vergessen könnte.«

Ich lachte, inzwischen kannte ich ihn gut genug. Vor mir tauchte kurz das Bild auf, wie er mir damals auf der Kirmes die geschossene Rose überreicht hatte.

»Willste mir nicht gratulieren?«

»Ach ja, da war ja noch was ... Komm her, Schwägerin.« Ein federleichter Kuss landete auf meiner Wange.

Nachdem auch Claudia und Uschi ihre Glückwünsche losgeworden waren, wollte ich die drei ins Wohnzimmer an die Kaffeetafel dirigieren, aber sie standen im Korridor wie festgeklebt. Meine Freundin grinste verhalten.

»Nun kommt endlich!«

Mich wunderte, dass Mutti noch kein Gedeck für Claudia dazugestellt hatte. Sie blieb auf der Couch sitzen, wechselte Blicke mit Papa und sagte solche halben Sätze wie: »Ja, schön ...« oder »Wenn ihr jetzt ja da seid ...«

Also musste ich selbst tätig werden. Doch als ich Kurs auf den Wohnzimmerschrank nehmen wollte, hielt mich Uschi am Arm fest. »Lass mal, wir sind gleich wieder weg.«

»Waaas?«

»Und du kommst mit«, ordnete Achim an und guckte schon wieder derart ernsthaft aus der Wäsche.

»Wohin denn bloß?«

»Siehste dann schon.« Uschi öffnete den Schuhschrank. »Diese Sandalen ...?«

Ich nahm sie ihr aus der Hand. »Aber ich kann doch nicht einfach gehen! Oma ist da.« Hilfe suchend schaute ich zu Claudia. »Und du jetzt sogar auch.«

Die kratzte sich auffällig unauffällig am Kopf, angestrengtes Überlegen im Gesicht. »Was machen wir denn da nur? Ich könnte ja vielleicht … Wenn deine Oma einverstanden ist, komm ich auch mit.«

»Geht nur«, sagte Oma.

Die Sache wurde immer absonderlicher. Was steckte dahinter? Eine Geburtstagsüberraschung? Musste ja ein Riesenteil sein, wenn sie es nicht mitbringen konnten.

Wenig später saßen wir vier im weinroten R16, dem ganzen Stolz meines Schwagers. Achim bog von der Lenau- auf die Bismarckstraße und fuhr durch die Unterführung am Bahnhof Zoo in Richtung Kanal, während ich eine Frage nach der anderen abschoss, ohne Antworten zu erhalten. Zumindest keine aufschlussreichen, nur solche, die mir noch mehr Rätsel aufgaben. Ob ich denn wirklich keine Ahnung hätte? Und ich möge mich doch mal erinnern, worauf ich mich einmal eingelassen hätte.

Was sollte das denn bitte bedeuten? Mir kam nicht die geringste Idee, auf was das alles hinauslaufen könnte.

Den dreien schien es diebische Freude zu bereiten. Claudia neben mir auf der Rückbank ging das Grinsen gar nicht mehr aus dem Gesicht, und wenn Uschi sich zu uns umdrehte, sah ich in ihren Augen fröhliches Funkeln.

Wir hatten Kanal und Emscher überquert, waren

in der Nähe des *Forsthauses*; Achim setzte den rechten Blinker. Als wäre ein Blitz aus dem blauen Junihimmel gefahren, machte es auf einmal Klick in meinem Kopf. Wir hielten direkt vor dem Gelsenkirchener Tierheim.

»Nein«, flüsterte ich.

»Doch«, sagte Uschi, »wir sind da.«

Der Hundevertrag!

Je älter ich geworden war, desto klarer wurde mir, dass Uschi und Achim sich keinen Hund anschaffen würden. Wie sollte das funktionieren? Meine Schwester arbeitete ganztägig. Man konnte einen Hund nicht so lange allein lassen. Irgendetwas musste passiert sein, dass die beiden nun tatsächlich ihr Versprechen einlösen wollten. War Uschi vielleicht schwanger und hatte schon jetzt ihre Stelle gekündigt? Das wäre eine Überraschung in doppelter Hinsicht.

Während wir über das Tierheimgelände gingen und uns den Hundezwingern und -ausläufen näherten, kreisten meine Gedanken weiter. Es würde nicht einfach werden, meinen Teil des Vertrags zu erfüllen. Bis Bochum, wo die beiden wohnten, brauchte die Straßenbahn fast eine Stunde, und ich würde nicht mehr so viel Zeit haben, wenn ich die Lehre bei *Eisen und Metall* angefangen hatte. Aber das wussten sie schließlich selbst. Sollte vielleicht sogar als dritte Überraschung ein Umzug nach Gelsenkirchen bei ihnen anstehen?

Gebell in allen Tonarten empfing uns. Hunde in schwarzem, braunem und weißem Fell oder auch buntgemischtfarben liefen bei unserem Erscheinen aufgeregt an das Gitter. Liebebedürftige Nasen steckten sich durch den Maschendraht. Augen, braun oder blau, bettelten um Aufmerksamkeit. Ein tapsiger, schneeweißer Struppel drängte sich dicht an den Zaun, winselte.

»Ist der goldig!« Claudia ging in die Hocke und verteilte mit zwei Fingern Streicheleinheiten an das Kerlchen.

»Den können Sie leider noch nicht haben. Welpen geben wir nicht vor neun Wochen ab, und er ist erst sieben.«

Ich drehte mich um. Die freundliche Stimme gehörte zu einer jungen Frau mit streichholzkurzem Blondhaar.

»Aber es sind ja genug andere da«, ergänzte sie lächelnd.

Mein Blick schweifte durch das Gehege. Die Gruppe Hunde hatte sich beruhigt, nur einer bellte sich immer noch die Seele aus dem Leib: klein, schwarz- und kurzhaarig, mit Knickohren und blendendweißen Zähnen.

»Ist doch gut«, sprach ich ihn leise an. »Mach mal halblang.«

Der Schwarze verstummte, setzte sich und sah mich an.

»Das ist ein Mädchen, ungefähr ein halbes Jahr alt. Sie heißt Biene«, sagte die Pflegerin.

Fragend schaute ich zu Uschi hinüber.

»Soll sie es sein, Leni?«

In dem Moment stürmte das schwarze Mädchen ans Gitter und setzte seine Kläfferei fort.

»Das müsst ihr wissen«, antwortete ich.
»Nein, nicht wir. Ganz allein du.«
Mit einem Schlag begriff ich alles. Mir wurde heiß, während mein Herz dem bellenden lackschwarzen Ungetüm zuflog – meinem Hund!

Hinter der Hecke

Manchmal ist es ein Song aus dem Radio, manchmal nur die Sonnenwärme auf meiner Haut. Dann ist er auf einmal wieder da, jener Sommer, in dem ich siebzehn war. In dem so viel geschah.

Viel zu wenig, dachte ich damals, und an vielen Abenden stand ich am Fenster meines Zimmers, um von dem Jungen auf dem weißen Pferd zu träumen.

Wenn ich hinaussah, fiel mein Blick auf die Lenaustraße. Eine Schule lag schräg gegenüber. An den Schulhof schlossen sich Garagen an und an diese eine hohe Hecke. Davor ein maroder Holzzaun mit einigen Lücken. Beides bildete die zweifelhafte Abgrenzung zu einem verwilderten Garten, welcher das Ziegelhaus des längst in Rente gegangenen Pedells umgab.

Während ich versonnen auf die Straße blickte und vom Plattenspieler Peter Maffays *Du* herüberklang, dachte ich an Thomas. Ich war heftig verliebt in ihn. Er leider kein bisschen in mich. Doch eines Tages würde sich das ändern, dann würde er endlich das in mir sehen, was ich so gerne sein wollte: die einzig Richtige für ihn.

»Wuff!«, wurde ich abrupt in die Realität zurückgerissen. Biene nahm keinerlei Rücksicht. Sie brachte sich in Position: Vorderpfoten auf den Boden gedrückt, Hinterteil nach oben gestreckt. Ihre gebogene Rute wedelte heftig.

»Aber ja, wir geh'n schon.«

Ich holte die Leine, Biene sprang um mich herum. »Wir sind dann mal Gassi!«, rief ich meiner Mutter zu, die in der Küche Kartoffeln schälte.

Im Treppenhaus stand die Bonk vom ersten Stock mit der alten Kollakowsky beisammen. Die Bonk war so etwas Ähnliches wie Hausmeisterin und beäugte argwöhnisch meine Hündin.

»Tach«, sagte ich und drückte mich an den beiden vorbei.

»Da ist ja wieder der kleine Lorbass.« Die Alte beugte sich zu Biene hinunter.

»Lieber nicht anfassen!«, entfuhr es mir.

Frau Kollakowsky hielt in der Bewegung inne und lächelte. »Lässt wohl nicht jeden ran, der Lorbass.«

»Ist eine Sie.«

Die Bonk rümpfte die Nase, nahm wieder ihre Gesprächspartnerin in Beschlag. Ich hörte noch, wie sie sagte: »Jedenfalls muss man ein Auge auf die dort drüben haben. Man weiß nicht, was da vor sich geht.«

Ich trat aus dem dunklen Flur. Die Hitze brach über

mich herein, ließ mich einen Moment verharren. Die beiden Sätze hallten in mir nach, und als ich die Straße überquert hatte und am Zaun mit der Hecke war, suchten meine Augen, wie immer, wenn ich vorbeikam, nach einer Lücke in dem staubigen Grün.

Ich sah einen farblosen Gartenstuhl im hoch gewachsenen Gras, eine ziegelumrandete Feuerstelle; daneben eine Batterie leerer Weinflaschen. Ich hätte gern noch mehr entdeckt, aber es konnte jeden Moment jemand aus dem Haus kommen. Außerdem zog Biene in Richtung *Grüner Weg*.

Der parkähnliche Streifen von gut drei Kilometern Länge quer durch Gelsenkirchens Stadtteil Bismarck hatte zwei Vorteile. Erstens konnte ich dort meinen Hund frei laufen lassen und zweitens benutzte Thomas den Weg jeden Tag um halb sieben, wenn er von der Arbeit heimkam. Ein Blick auf meine Uhr bestätigte: Ich lag in der Zeit.

Langsam schlenderte ich unter den Bäumen entlang, während Biene umhertollte. War es auch nicht zu offensichtlich, dass ich auf ihn wartete? Und sollte ich, wenn wir uns begegneten, so tun, als wüsste ich nicht, dass er um diese Zeit hier entlangkäme? Ich war mir noch nicht schlüssig, da erkannte ich ihn bereits von Weitem. Seine Gestalt, sein Gang – unverwechselbar. Schnelle, große Schritte, ganz gerade hielt er sich dabei. Die dunklen Schlaghosen, zu denen er stets weiße Hemden trug, als bemerke er die bunte Mode nicht. Ich rief Biene und leinte sie an. Er mochte es nicht, wenn sie

Christuskirche, Nähe *Grüner Weg* in Bismarck

ihn zur Begrüßung ansprang, und mir war es noch nicht gelungen, ihr das abzugewöhnen.

»Hallo!« Thomas gab mir die Hand. Immer begrüßte und verabschiedete er mich so.

»Selber hallo! Feierabend?« Nur kurz sah ich ihn an, und der Blick seiner braunen Augen ließ meinen Herzschlag stolpern.

»Gott sei Dank! Den ganzen Tag nur grauenhafte Kundschaft. Und ich muss heute noch büffeln.«

Während wir im Schatten der Bäume zurückgingen, hörte ich ihm zu. »Drei Kreuze, wenn ich die Abschlussprüfung hinter mir hab.« Er erwartete keine Antwort, redete weiter. »Der Niekötter, mein Abteilungsleiter, meinte ... Der Ralph ist dann auch noch krank geworden, ausgerechnet ...«, und ich konnte ihn dabei immer wieder von der Seite anschauen.

Unvermittelt bemerkte er: »Dein neuer Rock sieht klasse aus!«

Ich sah an mir hinunter: pinkfarbene Blumen auf weißem Grund, unten eine gekrauste Stufe, Mini natürlich. Mir wurde es vom Hals an warm.

»Babyface, brauchst doch nicht rot werden.« Er lachte. »Kommste denn nun zu meiner Geburtstagsfete am Samstag? Von mir aus kannste Claudia mitbringen.«

»Die is' im Urlaub, im Harz.«

»Im Harz? Komisch. Na, dann ohne deine Busenfreundin.«

»Weiß nicht ...« Ich blinzelte zu ihm hoch. Ein

Sonnenstrahl hatte durch das Blätterdach mein Gesicht getroffen. »Und was is' so komisch am Harz?«

»Ach, du!« Er griff in mein Haar, lachte, ich wich ihm aus. »Monika is' auch da hingefahren, mit ihren Eltern. Also überleg's dir, Babyface.«

Bei der niedrigen Mauer, über die Biene zur Freude aller Erstklässler so gerne lief, blieben wir stehen. Thomas wohnte eine Straße weiter, hinter dem Schulgebäude.

Gleich würde er gehen, und die spannendsten zwanzig Minuten des Tages wären vorbei. Ich strich mir eine Strähne hinters Ohr, überlegte, ob ich mich neben Biene auf die Mauer setzen sollte. Vielleicht blieb er dann noch ein wenig. In dem Moment steckte sich Thomas eine Zigarette an. Galgenfrist. Er blies den Rauch aus, sah mich nachdenklich an. Ein VW-Bus kam um die Ecke, und wir wandten die Köpfe. Die hellgraue Oberfläche war mit Tupfen in allen Farben des Regenbogens bemalt. Der Fahrer, ein langhaariger Dünner, stieg aus. Er trug einen Campingbeutel über der Schulter, der schwer schien, und quetschte sich durch die Zaunlücke.

Thomas und ich schauten ihm hinterher.

»Was machen die bloß bei dem alten Rogalla?«

»Keine Ahnung. Vielleicht Verwandte«, sagte ich.

»Dass ich nicht lache! So sehen die gerade aus.«

»Wie denn?«

»Na ja, wie … wie Gammler oder Süchtige oder so.«

Ich sah auf meine Sandaletten, ebenfalls in Pink,

mit einer weißen Margeritenblüte aus Plastik verziert. »Baader-Meinhof-Bande nennt die Bonk sie.«

»So weit würde ich nicht gehen. Obwohl ...« Thomas nahm einen letzten tiefen Zug. »Man weiß nie heutzutage. Diese Attentate. Warum soll es immer nur Berlin sein?«

Er warf die Kippe auf den Asphalt, trat sie aus. »Halt Augen und Ohren offen. Vielleicht fällt dir was auf.«

Meine Hand in seiner, für einen Moment. »Tschüs, mach's gut!«

»Mach's besser.«

Ich wollte noch nicht nach Hause. Biene zerrte ausgelassen an der Leine, biss sich daran fest. Also suchten wir die Felder jenseits des *Grünen Weges* auf. Bis Schalke-Nord breiteten sich Getreidefelder, Kartoffeläcker und Wiesen aus. Mittendrin der Sportplatz des SC Bismarck 07.

Das Korn stand hoch und glänzte golden in der Abendsonne. Biene ließ hechelnd ihre rosa Zunge heraushängen. In der Nähe des kleinen Stadions setzte ich mich auf eine Bank, hörte die Rufe der trainierenden Jungen, die vom Platz herüberdrangen. »Ey, Kalle, fummel dich nicht tot!« – »Gib aaaab!« Das dumpfe Geräusch, wenn der Fuß den Ball trat. »Hintermann, Pedder!«

Meine Gedanken waren nicht bei Kalle und nicht bei Peter. Ich dachte an die Feier. Sollte ich hingehen? Eine andere Party lag erst vier Wochen zurück. Thomas'

Freundin Monika hatte nicht hingedurft, ihre Eltern waren streng. Und Thomas ... Ich schloss die Augen. Die Härchen auf meinen Armen richteten sich auf, und ich erschauerte in der Wärme. Er tanzte mit mir. Nur mit mir. Simon und Garfunkel sangen *Bridge Over Troubled Water*, und ich fühlte seine Hände zart meinen Rücken entlanggleiten.

»Machen Sie mal Ihren Hund fest, Frollein!« Ich riss die Augen auf. Ein Mann mit einem leise knurrenden Rottweiler.

Ausgeträumt.

Als ich die Tür aufschloss, schrie mir Hänschen Rosenthal sein »Das war spitze!« entgegen.

»Du warst aber lange weg«, sagte Mutti.

Papa lag in Turnhose auf der Couch. Ein Ventilator mühte sich, die warme Luft zu verwirbeln.

»In der Küche steht Kartoffelsalat.« Mutti wandte sich wieder dem Fernseher zu.

»Bring ein Bier mit!«, rief mir Papa hinterher.

In der Nacht kündigte Schwüle die vorhergesagte Gewitterfront an. Ich konnte nicht schlafen, stand auf und ging ans weit geöffnete Fenster. Kein Lüftchen regte sich. Stille auf der Straße. Auch gegenüber, hinter der Hecke, war es dunkel und ruhig.

In manchen Nächten hatte ich dort Lachen gehört; Stimmen, die mitunter aufgebracht klangen. Ich wusste nicht genau, wie viele drüben hausten. Es war ein

Kommen und Gehen an der Zaunlücke. Der Dünne, den Thomas und ich heute gesehen hatten, und ein kleinerer Bärtiger schienen jedoch zu den ständigen Bewohnern des alten Rogalla-Hauses zu gehören. Baader-Meinhof, Anschläge ... Schlagworte gingen mir durch den Kopf, aber ich verspürte keine Lust, mich damit zu beschäftigen, ich hatte genug mit mir selbst zu tun. Und mit Thomas natürlich. Warum fanden alle Mädchen meines Alters einen Freund? Nur ich nicht. Claudia, die konnte jeden haben! Aber sie wollte nicht jeden. Doch nicht einmal die, die sie nicht wollte, wollten mich.

Ich war weder zu dick noch hatte ich X-Beine oder eine Höckernase. Meine Sommersprossen. Ob es an denen lag? Oder an meiner Schüchternheit?

Leises Grummeln rollte von ferne heran. Ich starrte in den Lichtkegel der Straßenlaterne und tat mir leid.

Babyface. Ich mochte diesen Spitznamen nicht. Dass ich jünger aussah, wusste ich. Aber immerhin war es Thomas gewesen, der mir den Namen gegeben hatte. Vielleicht interessierte ich ihn doch ein bisschen?

Über dem Schulgebäude flackerte es hell auf. Eine Windböe bauschte die Gardine. Gleich würde es Abkühlung geben.

Und Ablenkung. Biene fürchtete sich vor Gewitter.

Zwei Tage später strahlte wieder die Sonne. Am Samstagmorgen begegnete mir der langhaarige Blonde beim Bäcker. Seine Beine steckten in engen, weinroten Röhren-Cordhosen, die knapp über den Knöcheln endeten.

Die Füße in Jesus-Latschen. Obenherum trug er ein Batik-T-Shirt in Lila. Er kaufte Baguette; verstohlen beobachtete ich ihn.

Beim Bezahlen streifte mich sein Blick »Na«, sagte er. »Wo haste denn deinen Hund?«

»Draußen«, antwortete ich, »die darf hier nicht rein.«

Er nickte, nahm die Baguettestangen und ging. Als ich aus dem Laden kam, hockte er neben Biene und kraulte ihr Kinn. Genussvoll reckte sie ihm den Hals entgegen. Ehe ich mich darüber wundern konnte, stand er auf, hob grüßend die Hand und machte sich in seinen schlappenden Sandalen von dannen.

An der Straßenbahnhaltestelle sah ich den anderen. Den Bärtigen. Er hatte den Arm um eine schwarzhaarige junge Frau gelegt. Während ich an den beiden vorbeiging, hielten sie einander eng umschlungen und küssten sich, als gäbe es die Welt ringsherum nicht. Ich überlegte, ob der Bart wohl kratzte. Und ob es mir gefallen würde, von Thomas an der Haltestelle geküsst zu werden.

Bis zur Bude konnte ich mir keine eindeutige Antwort geben. Ich kaufte eine *Bild* für meinen Vater. Die Schlagzeilen hatten immer noch die Großfahndung in Hamburg zum Thema, bei der vor zwei Tagen eine Frau namens Petra Schelm von einer Polizeikugel getroffen worden war. Es berührte mich nicht sonderlich. Wenn sie eine Terroristin war …? Ob die seltsamen Typen hinter der Hecke tatsächlich auch etwas damit zu tun hatten? Ich musste an das letzte Gespräch mit Thomas denken, und bald stellten sich mir ganz andere Fragen: Was sollte ich heute Abend machen? Seiner Einladung folgen?

Gegen Mittag rief ich von der Telefonzelle aus an.

»Kommst du nicht?«, fragte er, nachdem ich ihm gratuliert hatte.

»Ich weiß noch nicht.«

»Das heißt, auch du lässt mich im Stich. Was für ein Geburtstag!« Er blies geräuschvoll die Luft aus.

Eine Sekunde lang schwiegen wir beide in den Hörer.

»Bitte, mir zuliebe«, hörte ich dann seine Stimme, leise, weich.

Mein Herz hüpfte schmerzlich. Aber ich wollte nicht einfach ja sagen. Da war dieses bittere Gefühl, das sich immer wieder meldete, besonders seit der letzten Fete. Am Tag danach war das Leben weitergegangen, als wäre nichts geschehen. Monikas Eltern hatten sich erweichen lassen und das Ausgehverbot aufgehoben. Arm in Arm waren Thomas und seine Freundin bei *Ampütte* zum Discoabend erschienen.

»Kommst du?«

»Mal sehen.«

»Nicht *mal sehen*, Babyface! Um sieben, ja? Ich muss jetzt auflegen, mein Dad will telefonieren. Tschau!«

Wäre nur Claudia dagewesen! Mit ihr hätte ich alles besprechen können. Der Nachmittag zog sich wie

Gummiband. Ich putze das Fenster in meinem Zimmer, ungeachtet des Sonnenscheins und der Mühe, die Streifen wegzupolieren. Über die Hecke hämmerte Rockmusik. Einmal ging die Bonk an den Zaun und rief: »Drehen Sie das leiser!«

Niemand reagierte.

Gegen sechs, als meine Eltern zum Kegelabend aufgebrochen waren, machte ich meine Runde mit Biene, immer noch unschlüssig. Thomas ohne Freundin – eine Aussicht, der ich kaum widerstehen konnte. Und danach? Würde er mich erneut fallen lassen wie eine heiße Kartoffel? Oder doch mit Monika Schluss machen?

Tief in Gedanken war ich um die Ecke in die Lenaustraße gebogen, am Schulhof vorbeigegangen. Und hatte Biene nicht an die Leine genommen. Dreißig Meter lief sie voraus, die Nase schnüffelnd am Boden.

»Biene, hierher!« Statt zu folgen, hob meine Hündin abrupt den Kopf, witterte Richtung Hecke und schoss hindurch.

Ich eilte an den Zaun, spähte durch das Blattwerk – nichts! »Biene!«, rief ich, versuchte einen Pfiff auf zwei Fingern. Ein Knurren, Bellen, und schon war es wieder still. Reglos stand ich da, wartete, rief wieder. Ohne Erfolg.

Ich weiß nicht, wie lange ich es aushielt, bis ich schließlich durch die Zaunlücke schlüpfte. Mitten hinein in eine bizarre Idylle. Mein Blick flog über ein durchgesessenes Sofa, leere Apfelsinenkisten und die bereits bekannte Grillstelle. Wo war Biene? An der Mauer zur angrenzenden Garage ein eiförmiger Wohnwagen, dessen Tür offen stand. Ich ging darauf zu.

»Du wirst vermisst.« Eine Stimme hinter mir, rasch drehte ich mich um.

Biene sprang munter neben dem langen Dünnen die Treppenstufen der Veranda herunter, leckte sich die Schnauze. Das bestechliche kleine Luder!

Endlich hörte sie auf mein Rufen und kam zu mir. Der Lange grinste.

»Sie muss was verfolgt haben, 'ne Katze vielleicht.« Ich strich mir die Haare nach hinten, und auf einmal wurde mir bewusst, wo ich mich befand – bei Baader-Meinhofs.

»Besser, als selbst verfolgt zu werden.«

Mir wurde heiß bei seinen Worten.

Ob er es merkte? Jedenfalls fragte er: »Was zu trinken?«

»Äh …, ja, wenn Sie was da haben.«

Er grinste schon wieder. »Kannst mich ruhig duzen. Fanta?«

Ich nickte.

Er stieg die Treppe zum Haus hinauf, und ich hockte mich zu meiner Hündin, um ihr eine Strafpredigt zu halten. Die Aufregung klang ein wenig ab.

Nicht für lange.

»Hallo …?« Ich fuhr hoch. Am Heckeneinschlupf stand die Schwarzhaarige in einem Wickelrock, der bis zu ihren Fesseln reichte. »Besuch?«

»Nein, ich …, mein Hund …«

Sie kam näher, winkte ab und warf sich bäuchlings auf das Sofa, drehte den Kopf weg.

Den Langen schien ihr Verhalten nicht zu überraschen. Er stellte ein Glas auf die Apfelsinenkiste und goss mir ein. Dann zog er den Klappstuhl für mich heran, setzte sich ins Gras und nahm ein paar kräftige Schlucke aus seiner mitgebrachten Bierflasche. Eine Weile war es ganz still. Kein Autogeräusch, kein Kinderlärm, nichts, nur Bienes leises Hecheln.

Eigentlich sollte ich mich längst für Thomas' Fete hübsch machen, beinahe schon da sein. Stattdessen saß ich hier, hinter der Hecke. Aber ich blieb.

Erst recht, nachdem der Lange eine Gitarre aus dem Wohnwagen holte und zu spielen begann. *Lady in Black*. Seine Stimme klang anders als beim Sprechen und viel sanfter als bei Uriah Heep. Seine feingliedrigen Finger auf den Saiten, den Kopf etwas vorgebeugt, die langen, welligen Haare fielen ihm ins Gesicht. Ich konnte den Blick nicht von ihm abwenden.

Als er *Let it be* anstimmte, zuckten die Schultern der Schwarzhaarigen, und es dauerte ein Weilchen, bis ich begriff, dass sie weinte.

Später erfuhr ich, dass sie Micky genannt wurde. Das war, nachdem sie das Holz auf der Feuerstelle angezündet hatten und Kartoffeln in die heiße Asche legten. Wir standen davor und warteten darauf, dass sie gar würden. Brennende Scheite knisterten, ein paar Funken flogen. Micky und der lange Blonde drehten sich Zigaretten und boten mir eine an, aber ich lehnte ab, aus Angst, husten zu müssen und mich zu blamieren. Der leichte Brandgeruch mischte sich mit dem süßlichen Qualm, den sie ausbliesen. In der Dämmerung pellten wir die Kartoffeln, stippten sie in Butter, und es schmeckte so köstlich wie früher beim Osterfeuer. Manchmal redeten die beiden über Dinge, die ich nicht verstand, von Leuten, die ich nicht kannte. Manchmal witzelten sie oder fragten mich nach Songs, welche ich gern hörte und welche nicht.

Als die Glut kaum mehr unsere Gesichter erhellte, zündete Micky zwei Haushaltskerzen an. »Spiel noch was, Marius«, sagte sie. Und Marius griff wieder zur Gitarre. Diesmal sang er nicht. Seine Finger auf den Saiten zauberten Melodien, die ich nie zuvor gehört hatte, die mich anrührten in ihrer schlichten Intensität, sich mit ihrer Melancholie in mein Inneres fraßen. Ich hätte ihm die ganze Nacht zuhören können.

Er beendete sein Spiel, als Mickys bärtiger Freund erschien. Die Frau stand auf, und einen Moment sah es aus, als wolle sie fortlaufen. Da legte er den Arm um ihre Schulter. »Wird schon«, sagte er, und sie gingen ins Haus.

Auch für mich wurde es Zeit. Zögernd erhob ich mich; Biene, die zu meinen Füßen gelegen hatte, sprang freudig auf.

Was sollte ich nur sagen? Ich konnte doch nicht einfach mit einem »Tschüs« verschwinden.

»Ich geh dann mal.« Es war wie immer: Wenn's drauf ankam, fehlten mir die Worte.

Marius brachte mich zur Zaunlücke, stieg mit hindurch. »Du hast es ja nicht weit«, sagte er.

Endlich fiel mir doch noch etwas ein: »Was is' eigentlich mit Herrn Rogalla?«

»Der liegt im Krankenhaus. Herzgeschichte, sieht nicht gut aus.«

»Tut mir leid.« Danach zu fragen, ob er mit ihm verwandt war, traute ich mich nicht. »Ja, dann ... gut Nacht.«

»Gute Nacht, schlaf schön.« Das Laternenlicht fiel auf sein Lächeln. Ich nahm es mit nach Haus.

Der Sonntag verging ereignislos.

Es regnete.

Mit einer Unruhe, die mich gleichzeitig lähmte, blickte ich durch die Scheibe, an der Tropfen ihre Spuren zogen. Dann wieder lag ich auf dem Bett und starrte zur Decke. Von Thomas sah und hörte ich nichts. Aber das war es nicht, was mich so verwirrte.

Bei meiner Runde mit Biene blieb ich an der Hecke stehen, lauschte. Der Regen prasselte auf den Schirmstoff. Sonst nichts. Wer hielt sich schon bei diesem Wetter im Freien auf?

Am nächsten Tag kam der Sommer in alter Stärke zurück. In den Büros war es stickig, die Haut klebte beim Sitzen am Schreibtischstuhl. Ob ich auf der elektrischen Adler Ein- und Ausgangsberichte tippte oder die dünnblättrigen Durchschläge der Aufträge abheftete, immer wieder hörte ich Gitarrenmelodien, sah die verweinte Micky vor mir und Marius rauchend im Gras sitzen.

Am Abend ging ich nicht durch den *Grünen Weg*, ich benutzte einen anderen, der in die Felder führte. Als ich zurückkam, stand Thomas vor der Haustür. Am Zaun war ein Mann in blauer Latzhose damit beschäftigt, neue Latten einzusetzen. Beides versetzte mir einen Stich. Biene bellte den Arbeiter beim Vorbeigehen an, und ich gab ihr insgeheim recht.

»Hallo, Thomas!« Wir gaben uns wie üblich die Hand. Seine fühlte sich kühl an, meine war feucht.

Um kein peinliches Schweigen aufkommen zu lassen, ging ich in die Offensive. »Geburtstag gut überstanden?«

»Sicher. Die letzten sind bis vier geblieben.«

Ich nickte. Dann war es doch still. Wir blickten beide auf den Mann in der Latzhose.

»Wurde Zeit, dass da endlich was gemacht wird«, sagte Thomas, griff in seine Hemdentasche und förderte die Zigarettenpackung zutage. »Mein Dad hat es schon vor Wochen gemeldet.«

»Was?«

»Na, dass da drüben was nicht stimmt.«

»Woher wollt ihr das wissen?« Ich schaute ihn empört an.

»Wenn alle wären wie du, ginge nie einer von denen in die Falle.«

»Du meinst also wirklich, das sind Terroristen.«

»Babyface, du nervst. Lass uns über was anderes reden.«

»Sag mir erst, was los ist! Schließlich wohn ich hier!«

»Hast wohl Schiss.« Er blies Rauch aus, mir beinahe ins Gesicht, sah auf mich herab. »Das Nest ist ausgehoben. Die haben Cannabis angebaut. Ein hübsches kleines Beet.«

»Canna…?«

»Haschisch. Daraus macht man Haschisch. Heute war die Polizei da.«

»Und?«

Er zuckte die Schultern. »Keine Ahnung. Sie haben sie erst einmal mitgenommen.«

Wieder starrte ich in Richtung Hecke, wo der Mann soeben sein Werkzeug in die Tasche packte.

»Kommste mit, ein Eis essen?«, fragte Thomas.

»Iss es mit Monika!«

Ich zog die Tür zu und atmete im kühlen Hausflur durch. Tränen stiegen mir in die Augen.

Der Lebenstraum

Der warme Sommer des Jahres, in dem ich siebzehn war, reichte bis in den September. Und so lange brauchte es auch, bis ich die Sache mit Thomas aus Kopf und Bauch bekam.

Eines Nachts stand ich wieder einmal am Fenster und sah auf die Straße. Eine Laternenlampe flackerte. Ihr Licht tanzte in einer Pfütze, nicht weit von der Stelle, wo die Zaunlücke gewesen war.

Hinter der Hecke war es still. Marius und seine Freunde hatte ich nicht mehr wiedergesehen. Thomas dagegen schon. Beinahe jedes Wochenende begegnete ich ihm mit seiner Freundin bei Ampütte, so wie heute, als wir an der Garderobe zusammengetroffen waren. »Hallo Babyface«, hatte er gesagt und mich angelächelt. Ein bisschen tat es immer noch weh.

Ich öffnete das Fenster und ließ Nachtkühle herein. Am Tag hatte es lange geregnet, und ich meinte einen

Hauch von Herbst zu riechen – leicht moderig, nach feuchtem Laub.

Schon um neun war ich nach Hause gegangen. Claudia hatte einen neuen Verehrer, der aussah wie Robert Redford in jünger und mir auf den Geist ging. Den ganzen Abend war er um sie herumscharwenzelt.

Meine nackte Wade bekam einen feuchten Stups. Biene winselte leise. Ich hob sie auf die Fensterbank, hielt sie mit beiden Armen umfangen.

»Nichts los, siehste.«

Sie fand es anscheinend trotzdem spannend und schnupperte in den aufkommenden Wind.

Mein Blick wanderte wieder zu der flackernden Laterne. Ich dachte zurück an den Abend am Feuer, an Marius und seine Gitarre. Und dann tauchte das Bild eines wuschelköpfigen Jungen hinter einer Schallplattenbar auf, das ich schnell verdrängte. Aber danach wurde es nicht besser, denn ich sah Thomas vor mir, mit diesem Blick zwischen Ironie und Sympathie.

Da riss ich mich vom spiegelnden Flackerlicht los. »Schluss«, sagte ich und setzte Biene auf den Fußboden. »Jetzt is' endgültig Schicht im Schacht.« Ich schloss das Fenster. »Nie wieder werd' ich mich verlieben, hörst du? Nie wieder!«

Biene folgte mir ins Bett; sie schlief am Fußende.

Es wurde höchste Zeit, etwas anderes, Neues zu beginnen. Ich gab mir selbst das Versprechen, damit nicht mehr zu warten, was wiederum für eine schlaflose Stunde sorgte.

»Ruf doch an und frag«, riet mir Claudia beim Mittagessen in der Kantine.

»Mh ...«

»Ich weiß, nicht so dein Ding, aber vielleicht sagen die dir gleich, wann du zur ersten Stunde kommen kannst.«

Das überzeugte mich, und so überwand ich meine Abneigung gegen solche Telefonate. Noch am Nachmittag suchte ich mir die Nummer aus dem Telefonbuch.

Kaum hatte ich den Hörer aufgelegt, befiel mich Erleichterung und Nervosität gleichermaßen. Der Unterricht war nicht so teuer wie befürchtet – meine Ersparnisse würden also eine lange Zeit vorhalten – und ich hatte, wie von Claudia prophezeit, einen Termin erhalten.

Zwei Tage später war der Tag gekommen. Der Tag, auf den ich so lange gewartet hatte. Ich stieg in die Straßenbahn, um zu meiner ersten Reitstunde zu fahren, bekleidet mit Jeans und festen Schuhen, wie man mir am Telefon als völlig ausreichend für den Anfang geraten hatte. Doch von unbändiger Freude keine Spur. Im Gegenteil. Die Bahn hatte noch nicht die nächste Haltestelle an der Paulstraße erreicht, da nervte ich mich schon wieder selbst mit den immer gleichen Fragen. Wie würde das werden? Was würde man mir abverlangen? Zwar wusste ich, dass das Pferd, vom Reitlehrer an einer langen Leine gehalten, im Kreis gehen würde, doch geschah das nur im Schritt oder auch schon im Trab oder gar Galopp?

Ich versuchte mich abzulenken, sah aus dem Fenster. Draußen liefen die Kinder noch kurzärmelig. Die Sonne schien, es war angenehm mild. Ob der Unterricht wohl draußen stattfinden würde? Hätte ich lieber eine Bluse statt des Pullis anziehen sollen? Und schon ging es weiter wie zuvor: Würde ich mich im Sattel halten können? Und brachte ich überhaupt Talent fürs Reiten mit? Wenn es mir nun gar nicht gefiel …?

Nur als ich in der Innenstadt in die Linie 2 umsteigen musste, wurde das Gedankenkarussell für kurze Zeit unterbrochen.

Als ich auf dem Reiterhof ankam, blieb keine Zeit mehr zum Nachdenken. Alles sah noch so aus wie vor vier Jahren: der Springplatz mit den bunten Hindernissen, die Halle, die weiß gestrichenen Stallgebäude … Ein kleines Mädchen mit einem Pony am Führstrick querte den Hof und redete ununterbrochen mit ihm. Unwillkürlich musste ich lächeln. Gleich darauf spürte ich, wie die Aufregung mächtig in meinen Bauch zurückkehrte, denn ich sah den Reitlehrer aus der Halle auf mich zukommen.

»Stricker, guten Tag! Sie sind sicher für die Longenstunde angemeldet.« Sein Händedruck war kurz und kräftig.

»Ja, ich … Ich hatte angerufen.«

Ein prüfender Blick traf mich. Unter der Schirmmütze hervor, aus klarblauen Augen.

»Wie alt?«

»Siebzehn.«

»Wie war jetzt noch der Name? Helena …?«

»Sie können ruhig Leni sagen. So nennen mich alle.«

»Also gut, Fräulein Leni, haben Sie schon mal drauf gesessen?«

Fräulein Leni gefiel mir absolut nicht, aber lieber brav antworten: »Im Urlaub auf einem Pferd vom Bauern.«

»Also fangen wir bei null an. Dann man los!«

Ich betrat neben ihm den Stall. Pferde sehen, ihren Duft wahrnehmen. Ein Schnauben hören, Strohraschelnl! Es war, als fiele die Angst ein Stück ab, auch wenn es immer noch im Magen kribbelte und meine Handflächen schwitzten. Ich wusste: Hier war ich am richtigen Ort.

»Das ist die Flocke, unser Longierpferd«, sagte Herr Stricker.

Flocke – braun, mittelgroß und rund – stand gesattelt und gezäumt quer auf der Stallgasse. An der mir abgewandten Seite machte sich jemand an ihr zu schaffen, zog wahrscheinlich den Gurt nach.

»Die Leni hier hat ihre erste Stunde. Geh schon mit ihr in die Halle, ich komme gleich. Ich guck nur eben nach Derby, der sah vorhin so nach Kolik aus.« Mit langen Schritten eilte der Reitlehrer um die Ecke und verschwand im anderen Stalltrakt.

Einen Moment zögerte ich, aber dann hielt ich doch mit einer Hand die Zügel fest, tauchte unter Flockes Hals und an ihrer anderen Seite wieder auf.

Ein junger Mann wandte sich vom Sattel ab. »Tach«, sagte er und schaute mich an.

Mir blieb jegliche Erwiderung im Hals stecken.

Rotblondes Haar, über die Ohren reichend, grünbraune Augen, ein schmales Gesicht. Darin Erkennen, Staunen. Freude …?

»Nee … Glaub ich jetzt nicht.« Verwirrt sah ich weg, strich über Flockes Nasenrücken. Sie warf den Kopf hoch.

»Die hat nix übrig für Schmusen.«

Ich wagte wieder einen Blick. Werner. Noch ein Stück in die Länge geschossen, aber dünn wie früher, nur die Schultern waren etwas breiter geworden. Er lächelte.

Ich riss mich zusammen.

»Aber vielleicht für Süßes«, sagte ich. Aus meiner Hosentasche holte ich zwei Stück Würfelzucker hervor. »Darf sie?«

»Zucker geht mit Trense. Nur kein Brot oder Apfel oder so was, macht zu viel Gesabber.«

Flockes Lippen nahmen vorsichtig den Zucker von meiner flachen Hand.

»Komm, wir müssen rüber«, sagte Werner. »Ich zeig dir, wie man führt.« Er stellte sich links neben die Stute, nahm die Zügel vom Hals über ihren Kopf. Dann fasste er nach meiner Hand und legte mir die Zügel zwischen die Finger. »So, siehst du?«

Meine Gedanken flatterten wie aufgescheuchte Vögel herum. Werner – hier. Ganz der alte und doch anders. Werner konnte ein Pferd satteln, er kannte sich aus. Wie lange schon …? Die Vögel ließen sich geduckt auf der Bande nieder, denn wir waren in der Halle angekommen.

»Bis Herr Stricker da is', kann ich dir ja erklär'n, wie du die Steigbügel auf die richtige Länge verschnallst.«

Keine Zeit mehr für Flatterei, Aufpassen war angesagt. Es wurde ernst.

Die sechzig Minuten auf Flockes Rücken wurden die anstrengendsten meines bisherigen Lebens. Es fing bereits beim Aufsitzen an. Unter Strickers gnadenlosen Augen mühte ich mich minutenlang ab, in den Sattel zu kommen. Immer wieder rutschte der linke Fuß aus dem Steigbügel, und hatte ich ihn gerade einmal fest platziert, reichte mein rechter Arm nicht an den hinteren Sattelrand, an dem ich mich festhalten und hochziehen sollte. Der Reitlehrer stand mit ungerührter Miene daneben.

Nach dem dritten Anlauf gab ich als Entschuldigung von mir: »Ich bin ja auch nur 1,60.«

»Unsinn! Da hab ich Zehnjährige, die ohne Hilfe aufsitzen.« Bildete ich es mir ein oder grinste er sogar? Das Blut schoss mir ins Gesicht.

»Halt dich ausnahmsweise am Sattelblatt fest. Wo das ist, weißt du hoffentlich noch.«

Ich atmete tief durch: neuer Versuch. Mein letzter. Wenn es jetzt nicht klappt, gebe ich auf. Dann ist das Schlimmste eingetroffen.

Also los! Linke Hand an den Vorderzwiesel, linkes Bein hoch, Fuß in den Steigbügel. Gelungen. Mir trat der Schweiß aus allen Poren. Meine Rechte streckte sich dem Sattelblatt entgegen, konnte es fassen. Winziger Erfolgsmoment. Weiter! Mit aller Kraft stieß ich mich vom Boden ab, zog mich gleichzeitig am Leder hoch. Und schaffte es endlich. Jetzt noch das rechte Bein über die Kruppe geschwungen. Na, Schwingen war wohl kaum die richtige Bezeichnung für meine Kletterei, aber irgendwie arbeitete ich mich schließlich in den Sattel.

»Siehste, geht doch! Brauchte ich ja doch nicht die Fußbank für dich holen.« Stricker schmunzelte.

Und er duzte mich. Das fürchterliche Fräulein Leni hatte er zum Glück wohl aufgegeben.

Ich richtete mich auf, klopfte kurz Flockes Hals.

»Gelobt wird hinterher«, wurde ich gleich belehrt.

Herr Stricker brachte mir bei, wie ich die Zügel zu halten hatte, und dann begann die eigentliche Arbeit erst.

Ich weiß nicht, wie oft ich zur großen Hallenuhr blickte, während Flocke an der Longe Runde um Runde lief und ich Leichttraben übte. Dabei hörte es sich doch einfach an: im Zweitakt der Gangart bleiben. Bei eins sitzen und bei zwei aufstehen. Damals bei Roswitha hatte es so leicht ausgesehen! Ihr war nicht der Fuß aus dem Bügel gerutscht, sie war auch nicht aus dem Takt gekommen, vom Vornüberfallen auf den Sattelrand gar nicht zu reden.

In den kurzen Schrittpausen, die mir Stricker gestattete, überlegte ich, ob ich der Qual ein Ende bereiten und abbrechen sollte. Ich fühlte es deutlich: Niemals würde ich reiten lernen!

Herr Stricker fragte nicht, ob ich überhaupt noch konnte, geschweige denn wollte. Für ihn war es wohl selbstverständlich, dass ich mir auch nach dem zehnten Rausrutschen den Steigbügel wieder angelte und erneut versuchte, in den Takt des Leichttrabens zu finden.

Ich war froh, dass sich niemand sonst in der Halle befand, der das Elend mit ansehen hätte können. Mein Blick huschte nicht nur zur Uhr, sondern auch hin und wieder zum Tor. Nein, kein Zuschauer, vor allem keiner namens Werner. Winzige Erleichterung jedes Mal.

Endlich durfte ich die Zügel lang lassen. Noch ein paar Runden Schritt. Flocke schnaubte. Schön. Das war schön. Ihre sachte Bewegung jetzt, ihr Fell, ihre Nähe. Alles andere …

»Reck mal die Arme nach oben. So, ja! Bist ja ganz verkrampft.«

Verkrampft war untertrieben. Ich fühlte mich wie durch den Wolf gedreht. Mir taten sämtliche Knochen weh, zwischen kleinem Finger und Ringfinger hatte ich mich an jeder Hand wundgescheuert und an den Schienbeinen würden sich bestimmt große blaue Flecken bilden.

Als ich mich aus dem Sattel rutschen ließ und meine Füße den Boden erreichten, knickten mir für einen Moment die Knie ein. Wie Pudding. Das gab's doch gar nicht! Ich riss mich zusammen.

»Herr Stricker, ich glaube …«

»Du glaubst erst einmal gar nix, sondern bringst jetzt die Flocke in den Stall. Wo sie steht, weißt du ja.«

Okay. Pferd führen war angenehm, nein, eine Wohltat. Unendlich langsam ging ich neben Flocke über den Hof.

Vor ihrer Box stand, lässig an die Tür gelehnt, Werner und sah uns entgegen. Auch das noch. Am liebsten hätte ich geheult.

»Komm, ich helf dir schnell.«

Er nahm Flocke den Sattel ab, streifte mich mit einem Seitenblick. »K. O.?«

»Auch.«

»Mach ihr mal den Kinnriemen auf. Hier, der isses!« Sein Atem roch frisch, nach Pfefferminz.

Mit meinen zerschundenen Fingern nestelte ich am Leder herum, bekam den Dorn nicht aus dem Loch.

»Mist! Nicht mal das schaff ich!« Ich ließ vom Zaumzeug ab, kämpfte mit den Tränen. Wieder einmal war mir nach Weglaufen zu Mute.

»He, was is' los? Das war deine erste Stunde, Leni. Deine erste!«

»Ja, aber du hättest sehen sollen, wie dumm ich mich angestellt hab. Nee, schon besser, dass du nicht zugeguckt hast. Oh Mann, ich …«

»Nun mal langsam«, sagte er und hatte ein kleines Lächeln im Mundwinkel. »Ich hab schon ein bisschen zugeschaut. Heimlich. Oben vom Kasino.«

»Was?«

Es wurde alles immer noch schlimmer. Der schwärzeste Tag seit siebzehn Jahren und drei Monaten.

»Na ja, ich konnt' mich dran erinnern, wie du damals gesagt hast, dass du anfangs lieber keine Zuschauer hättest. Weißte noch?«

Und wie ich das wusste! Auf der Treppe, am *Eiskeller*. Da war noch alles in Ordnung gewesen zwischen uns. Aber dann diese blöde Sache mit dem Herzchen ...

Werner führte die Stute in ihre Box. »Du hast dich nicht dumm angestellt. Jedenfalls nicht mehr als jeder andere Anfänger auch, eher ein bisschen weniger.« Er zwinkerte mir zu, während er die Tür zuschob.

»Da war Stricker aber anderer Ansicht. Der hat in einer Tour an mir herumgemeckert.«

Jetzt lachte Werner doch tatsächlich. Wütend blies ich mir eine Ponysträhne aus den Augen.

»Findeste das auch noch lustig?«

»Ach, Leni, du bist süß.«

Wie bitte? Es verschlug mir komplett die Sprache. Da stand ich auf dieser Stallgasse, fix und fertig, war bereit, meinen Lebenstraum wegzuschmeißen, und dann das! Er fand mich süß. Wie fand ich das denn? Und vor allen Dingen, wie fand ich ihn?

Werner nahm Flockes Trense. »Die muss noch gesäubert werden, drüben am Wasserhahn.«

Ich folgte ihm, versuchte meine wieder in wirren Sturzflügen wirbelnden Gedanken zu beruhigen.

»Es is' einfach so«, sagte Werner und wusch das Trensengebiss ab. »Am Anfang wird man fast nur korrigiert.

Und dass das Stricker die ganze Stunde durch getan hat, is' 'n gutes Zeichen. Hätteste dich total untalentiert angestellt, hätt' er sich weniger Mühe gegeben.«

Zweifelnd sah ich auf seine Hände mit der Trense. Feingliedrig, wie schon früher, aber sie wirkten dennoch kräftiger. Jetzt waren sie fertig. Eine drehte den Hahn zu.

Ich blickte hoch. »Das sagste doch nur so.«

Er sah mich an. »Ich würd' dich niemals anlügen.«

Nein. Würde er nicht.

»Normalerweise teilt man sich die Longenstunden, man ist zu zweit, manchmal auch zu dritt. Aber die zweite hat kurzfristig abgesagt.«

»Ehrlich?«

So eine blöde Frage. Heute ging irgendwie alles daneben. Oder vielleicht doch nicht. Seltsam alles. Wie kam Werner überhaupt hierher?

Als hätte er meine Gedanken gelesen, sagte er: »Ich helf' hier übrigens an den Wochenenden oder auch abends. Verdien' mir was dazu.«

»Und hast reiten gelernt.«

»Etwas.« Er hängte die Trense an einen Haken. »Leni, ich muss noch den Athos bewegen, sein Besitzer is' im Urlaub.«

»Verstehe, du hast eigentlich keine Zeit, und ich heul dir die Ohren voll. Ich geh schon.«

»Stopp! Lass mich doch mal ausreden. Früher warste nicht so mimosisch.« Er grinste.

Da musste auch ich lachen. Recht hatte er. Warum war ich heute nur so anfällig?

»Wenn du magst, kannst du ja mitkommen, den Athos fertig machen.«

Ich folgte Werner, der das gesattelte Pferd zum Platz führte. Und dann hatte ich eine ganze Stunde Zeit, meine Gedanken zu ordnen. Ich saß im Gras auf meiner ausgebreiteten Jacke, an den Pfosten eines blau-weiß gestrichenen Hindernisses gelehnt, und schaute zu. Werner im Sattel des fuchsroten Pferdes. Nicht in Jeans und festen Schuhen. Stiefel und Reithose hatte er an. Die beiden gaben ein schönes Paar ab. Harmonisch. Weich die Bewegungen. Die des Pferdes und auch die Werners.

Da war es wieder. Dieses Sehnsuchtsgefühl: Das will ich auch. So reiten können.

Die Flamme arbeitete sich aus der Asche hervor und brannte wieder in mir. Ließ mich die schmerzenden Beine, die aufgescheuerten Ringfinger und die Schmach, die nach Werners Worten keine gewesen war, vergessen.

Ich würde es schaffen. Der Anfang war schließlich gemacht, und wenn es noch so lange dauerte, eines Tages saß auch ich auf dem Rücken eines Pferdes, ohne ihm ins Kreuz zu fallen, im Einklang mit ihm, und mit Freude.

Werner ließ die Zügel lang. Während er Athos' Hals klopfte, sah er zu mir herüber. Ich hob die Hand und deutete ein Winken an.

Und blieb sitzen, um auf ihn zu warten.

Ich danke meinen Autorenfreunden Armena, Chris, Eva, Gaby, Karen, Marianne, Michael und Thomas aus dem Schreibzirkel herzlich für ihre aufbauende Kritik und die guten Anregungen.

Ebenso geht mein Dank an Detlef Aghte, Bertina Usai, an den Initiativkreis Bergwerk Consol e.V. und den japanischen Bergmann und Fotografen Minoru Somura, an Friedrich Schleich und Walter Simanneck, die so lieb waren, mir Fotos für *Gummitwist in Schalke-Nord* zur Verfügung zu stellen.

Und last but not least möchte ich mich bei meiner Verlegerin, Karen Grol, meiner Lektorin, Marianne Glaßer, meiner *Dreamteam-Hälfte* Holger Dittmann und meinem *Angetrauten* Uli für Unterstützung, Inspiration und Beistand bedanken.

Zeche Consolidation, Gelsenkirchen © *Archiv Initiativkreis Bergwerk Consol e.V.*	15
Bismarckstraße, Nähe Bahnübergang Emschertalbahn © *Archiv Initiativkreis Bergwerk Consol e.V.*	19
Zeche Wilhelmine Viktoria, Gelsenkirchen © *Friedrich Schleich*	22
Im Schnee © *privat*	31
Vor der Comeniusschule © *privat*	59
Im Ruhrzoo © *Friedrich Schleich*	66
Zeche Consolidation, Gelsenkirchen © *Archiv Initiativkreis Bergwerk Consol e.V.*	82
Freibad Grimberg © *Bertina Usai*	85
Warteraum im Bahnhof Gelsenkirchen © *Archiv Initiativkreis Bergwerk Consol e.V.*	96
Vor der Koppel © *privat*	120
Der Eiskeller © *Detlef Aghte*	150
Christuskirche, Nähe *Grüner Weg* in Bismarck © *Walter Simanneck*	187

Coverfoto
© *Hans Rudolf Uthoff - www.v-like-vintage.net*

ELKE SCHLEICH

Geboren 1953 in Gelsenkirchen. Pferde und das geschriebene Wort – beides faszinierte sie schon als Kind. Heute lebt sie mit Ehemann und Katze am grünen Rand des Ruhrgebiets, in Westerholt, ganz in der Nähe eines Reiterhofes, den sie nach langer aktiver Zeit im Sattel immer noch täglich besucht.

Schriftstellerische Tätigkeit seit den 70er Jahren. Veröffentlichung eines Romans bei Droemer/Knaur und zahlreiche Kurzgeschichten in Anthologien und Illustrierten. Eigene Buchprojekte als Co-Herausgeberin der Titel *Sugar Baby Love*, 2006, und *Yeahsterday*, 2007.

Sie wurde für ihre Kurzgeschichte *Ruf doch mal an* bei der Recklinghäuser Autorennacht 2008 der Neuen Literarischen Gesellschaft Recklinghausen mit dem Publikumspreis ausgezeichnet und war 2009 mit *Als Lorrek noch durch Schalke fuhr* Preisträgerin beim Gelsenkirchener Storywettbewerb.

Weitere Informationen finden Sie im Internet:
www.dreamteam-schleich-dittmann.de
www.facebook.com/Gummitwist.in.Schalke.Nord

EIN ROMAN IN 16 GESCHICHTEN

Gulas Menü

HENNING SCHÖTTKE

Hamburg 1969, Zeit der Hippies, Charly kocht für Ulrike Himmel und Erde, während die Amerikaner zum ersten Mal den Mond betreten. Neun Monate später wird ein Mädchen geboren. Gula! Charly beeindruckt durch Kochkünste und Sprüche, scheint für ein bürgerliches Leben nicht geeignet. Gula wächst bei Ulrike auf, erst mit Wochenendvater, dann ganz ohne. Sie sehnt sich nach ihm, gleichzeitig hasst sie ihn. Wie Charly kann sie gut kochen, doch mit dem Essen hat sie Probleme. Mal verschlingt sie es, mal bekommt sie keinen Bissen hinunter.

Gulas Menü erzählt die Stationen eines Lebens, begleitet von Rezepten und zeitgeschichtlichen Ereignissen, angerichtet als 5-Gänge-Menü. Essen ist längst nicht nur Nahrungsaufnahme und Genuss. Essen ist Verführung, es ist Junkfood, Festmahl, Exotik, Gefahr und Sehnsucht.

ISBN 978-3-942181-09-9

STORIES

Paris-Basra. Ein Ingenieur im Orient
BODO RUDOLF

Wer träumt nicht davon, das Angenehme mit dem Notwendigen zu verbinden, im Ausland zu leben und zu arbeiten? Am besten dort, wo Palmen locken, weiße Strände und blaue Lagunen. Dem Ingenieur steht die Welt offen, hieß es in den Sechziger Jahren. Bodo Rudolf zog es hinaus, erst nach Paris, dann in den Mittleren Osten, in den Irak, den Iran, nach Syrien, Abu Dhabi, aber auch nach Sumatra und an andere ferne Orte. Allein und mit seiner Familie lebte er jahrzehntelang auf Großbaustellen unter Palmen. Die paradiesischen Strände blieben Träume ... sie hätten auch niemals Buchseiten gefüllt.

Begleiten Sie sechs Kegelbrüder auf Ihrer Autofahrt nach Basra, gehen Sie mit der irakischen Geheimpolizei auf Wildsaujagd in den mesopotamischen Sümpfen, lauschen Sie heimatlichen Zitherklängen in subtropischen Nächten. Helfen Sie im revolutionären Iran beim Bierbrauen und Keltern, lesen Sie zensierte Zeitungen und gehen Sie direkt ins Gefängnis.

Bodo Rudolfs Stories sind voller Sympathie für seine Gastländer und ihre Bewohner. Paris-Basra berichtet humorvoll und feinfühlig von den Menschen, denen er begegnete, und Orten, die er entdeckte, und zeigt, dass mit Humor selbst kritische Situationen gemeistert werden können.

ISBN 978-3-942181-08-2

GESCHENKBÜCHER | STORIES

betörend!
LITERARISCHE DUFTNOTEN

Parfum ist Glamour, Fashion, Kult und Mystik. Geheimnisvolle Erzählungen ranken sich um Duftstoffe, die Parfumherstellung und ihre Protagonisten gleichermaßen. In 25 Storys erzählt *betörend!* von intensiven Kopfnoten, berauschenden Herznoten und schicksalhaften Basisnoten. Reisen Sie nach Paris, aber auch nach Madeira, Gran Canaria, in die USA und sogar nach Russland, Indonesien und nach Japan. Duftreisen sind Kopfreisen, sie wecken Erinnerungen und stimulieren Geist und Seele. Manch nachdenkliche Töne werden angeschlagen und manches Mal gar gemordet.

ISBN 978-3-9811560-9-6

Gaumenkitzel
ERLESENE MENÜS AUS DER LITERATENKÜCHE

Die besten Rezepte schreibt das Leben, behaupten unsere Literaten, greifen zum Kochlöffel und schauen ihren Helden in die Töpfe. Fünf fantasievolle 5-Gänge-Menüs berichten von Speisen, die Geschichte(n) schreiben, von leidvollen Gaumenfreunden, genussvollen Überraschungen und köstlichen Verführungen. 25 AutorInnen erzählen erlesene Stories. Der Sternekoch Benedikt Faust liefert die Rezepte dazu.

ISBN 978-3-942181-00-6

GESCHENKBÜCHER | STORIES

Aqua Vitae
EIN LITERARISCHES WHISKY-TASTING

Ein Whisky ist wie seine Heimat: Er schmeckt nach rauer See, blühender Heide, wogenden Getreidefeldern und würzigem Torfmoor. 22 Autoren tauchten ihre Feder in den Whisky und verfassten Geschichten, die mal auf der Zunge zergehen und mal explodieren: mild oder feurig, süß oder würzig, heiter oder sperrig, leicht oder komplex ... und alle mit kreativem Aroma, erlesener Reife und nachhaltigem Abgang.

ISBN 978-3-9811560-8-9

Mit allen Sinnen
EINE LITERARISCHE WEINPROBE

Haben Sie ihn schon gefunden, den Wein Ihres Lebens? Wie muss er schmecken oder was muss er können? Einen Rollstuhlfahrer zum Tanzen bringen, Beweise zur Aufklärung eines Mordes liefern, den Katzenjammer von Nacktenten bekämpfen oder gar einem Vampir Flügel verleihen ... suchen Sie sich Ihren Lieblingswein aus. 31 Geschichten laden Sie ein auf eine abwechslungsreiche Weinprobe.

ISBN 978-3-9811560-7-2

GESCHENKBÜCHER | STORIES

Lavendel & Zitronengras

EINE LITERARISCHE PRISE KRÄUTER UND GEWÜRZE

Früher wurden Menschen verfolgt wegen ihres Wissens um die Kraft der Kräuter, während andere durch den Gewürzhandel zu Reichtum gelangten. Heute dürfen diese Pflanzen, Essenzen und Extrakte in keiner Gourmetküche fehlen und auch als Heilmittel wird ihre Wirkung geschätzt. So groß wie diese Spannungsfelder ist die Vielfalt der Geschichten von Alraune bis Zimt. Ob Gourmet, Hexe, Pflanzenfreund oder Duftliebhaber – dieses Geschenkbuch kann verführen.

ISBN 978-3-9811560-4-1

rätselhaft + wunderbar

EINE LITERARISCHE REISE IN DIE WELT DER ZAHLEN

In 27 Stories wird bewiesen, dass Mathematik reich und glücklich macht, dass Zahlen sexy oder romantisch sind und es nichts Spannenderes gibt als eine Kurvendiskussion zu zweit. Lernen Sie Prozentrechnung mit Murmeln, Geometrie beim Kuchenbacken und das Schreiben von Bestsellern mit Hilfe eines Algorithmus. Dieses Buch bietet mehr als Unterhaltung. Neugierige und Wissensdurstige kommen auf ihre Kosten und entdecken neue Facetten an der Wissenschaft, die zählt.

ISBN 978-3-9811560-3-4